·全民微阅读系列·

妈妈的味道

陆梦 著

江西高校出版社

图书在版编目（CIP）数据

妈妈的味道 / 陆梦著. — 南昌：江西高校出版社，2017.3（2021.1重印）
（全民微阅读系列）
ISBN 978-7-5493-4933-3

Ⅰ. ①妈… Ⅱ. ①陆… Ⅲ. ①小小说—小说集—中国—当代 Ⅳ. ①I247.82

中国版本图书馆CIP数据核字（2016）第321147号

出版发行	江西高校出版社
社　　址	江西省南昌市洪都北大道96号
总编室电话	（0791）88504319
销售电话	（0791）88592590
网　　址	www.juacp.com
印　　刷	永清县晔盛亚胶印有限公司
经　　销	全国新华书店
开　　本	700mm×1000mm 1/16
印　　张	14
字　　数	160千字
版　　次	2017年3月第1版 2021年1月第2次印刷
书　　号	ISBN 978-7-5493-4933-3
定　　价	45.00元

赣版权登字 -07-2016-963

版权所有　侵权必究

图书若有印装问题，请随时向本社印制部（0791-88513257）退换

目录

第一章 来自西域的传奇 / 1

遭遇沙漠狼 / 1

穿越狼塔山 / 4

沙漠神鸟 / 8

第二次越狱 / 13

伊犁河之恋 / 16

看，那荒原 / 19

激战博格达峰 / 22

枪口 / 26

铁木真的马蹄 / 29

第二章 从故乡到异乡 / 33

爸爸的背 / 33

二十二年 / 37

一个人的村庄 / 42

在城市的屋檐下 / 45

月是故乡明 / 48

你是一片海 / 51

外公的故事 / 54

惊蛰 / 57

锁定情缘 / 60

第三章　陈年旧事 / 64

父亲 / 64

第二夜 / 67

在婚姻里想念爱情 / 71

三怕先生 / 74

家 / 76

杨百万 / 79

妈妈的味道 / 81

祭灶 / 84

偶然 / 86

第四章　老故乡，老故事 / 90

故乡词典 / 90

人类简史 / 93

遗嘱 / 96

墙 / 99

等待 / 102

路 / 104

穷 / 107

扶 / 110

小偷日记 / 113

地球的最后一天 / 116

第五章　我懂你的语言 / 120

黑丫头 / 120

黑丫头变成了女汉子 / 124

狐狸 / 126

羊的语言 / 129

陪你走一程 / 131

兔子兔子 / 134

爱我的，我爱的小兔兔 / 138

狐狸与兔子 / 143

第六章 印记留存 / 146

十三只羊 / 146

空巢 / 149

三生三世 / 152

小镇芙蓉刀 / 154

大作家与小作家 / 157

九月 / 161

大年夜 / 165

消失的职业 / 169

漫河岸边西瓜情 / 172

第七章 一起走过的日子 / 175

雨花石 / 175

一个人，一座城 / 178

时光抚摸的城市 / 181

走进库车 / 183

花开花落 / 186

风停了 / 189

漂亮女人 / 193

在苦难里享受生活 / 198

春行 / 201

第八章　在岁月里穿行 / 205

我的哥们曹操 / 205

草原夜莺 / 208

第三次世界大战 / 212

尼日亚 / 215

第一章　来自西域的传奇

　　西域，历来是兵家必争之地，这儿有很多的英雄默默地等着笔者挖掘。现在，我来了，也就有了该有的故事，他们一直存在，存在荒漠戈壁红柳丛中，他们是金色的沙子，没有任何杂质……

遭遇沙漠狼

　　当群狼看到你们绝尘而去，留下我一人，它们围着我哀号了很久，也迅速撤离了。狼，有时比人更让人猜不透。

　　王飞是在沙尘暴停了之后发现那群狼的。
　　沙尘暴来势汹汹，探险队的车才排到一起，就被沙子掩埋了。一切都安静下来后，大家互相解救，下车清理沙子时发现，在车子底下，趴着很多沙漠狼。它们茫然地看着队员们，然后钻出车底，抖搂身上的沙子。有

妈妈的味道

人吓得尖叫起来，也不管沙子还掩埋着车，就往车上爬。大家都惊慌失措，不知该如何逃命。王飞觉得遭遇狼群比沙尘暴还可怕，记得十年前，他第一次带领探险队穿越古尔班通沙漠，一点经验也没有，仅凭着年轻气盛。在沙漠里，他们和沙漠狼遭遇了，队员们纷纷从车里拽出器械，和狼们大战一场。王飞把头狼的尖嘴挑豁，才逃脱狼群的包围。王飞现在已经具备了在沙漠里生存的经验，面对突发事件，总能冷静处理。这次看到这么多狼，他也蒙了。幸亏，那些狼抖落掉沙子，离开了车队。

行程到第三日时，他们又遭遇了那群沙漠狼。看到还是那群狼，讲解员百灵鸟特别兴奋，她竟然说，这群狼和队员们是患难之交，可能是想和大家伙交朋友。团里的人听了很开心地拍照片，有的甚至想等沙漠狼走近些，好抓拍狼的表情。

队友们吃喝的时候，那些狼就散坐在不远的地方。有几只狼不停地咽口水。百灵鸟扔了一块压缩饼干，一头狼把饼干叼走，放在地上嗅了几嗅，就不再看一眼。百灵鸟不死心，又把牛肉罐头扔了过去，群狼竟然无动于衷。

当王飞看到一头豁着嘴唇，零星的黄牙裸露在外，凌厉的眼神射向企图窥探他的狼时，心一下抽动起来，这就是十年前他挑豁嘴的那头狼。他不相信，世上哪有那么巧的事，古尔班通沙漠这么大，怎么可能会有二次相遇！再说，这几年旅行者很少能看到沙漠狼了，听说快要绝迹了，就是遇到，人和狼都能相安无事地擦肩而

第一章　来自西域的传奇

过。这头豁嘴狼，说不定是带着它的后代寻仇来了。王飞把自己的担忧对大家讲了，希望大家提高警惕，随时防备群狼的进攻。

王飞的话音刚落，大伙像电打了一样爬上车，蜷缩在车里等待着天明。夜深人静时，啊呜……啊……呜呜……的声音此起彼伏。

天露出一丝光亮，地平线开始出现移动的小黑点，一个，两个，三个……沙漠狼开始激动起来，躁动不安地抛洒沙子。王飞一看远处还有更多的黑点朝这聚集，惊慌地命令大家赶快前进。让人想不到的是，狼群好像得到了指令，竟然排成队，拦在了车头前。远处的黑点越聚越多。

王飞的车已经被群狼包围得水泄不通。豁嘴狼蹲坐在远处的沙包上，用藐视的眼神看着惊慌的车队，不时发出几声低嚎，群狼会随着豁嘴狼的叫声变换位置。

车队和狼群僵持着，太阳越升越高。灼烫的沙浪开始翻滚。如果再这样僵持下去，大家都会变成干尸。

队员们焦急万分，想不出更好的对策。有一辆越野车冲撞狼群，试图杀开一条血路。哪知道，更多的沙漠狼堵在了车的前面，越野车寸步难行。沙包上的豁嘴狼一声长嚎，越野车跟前的狼开始进攻，啃车轮的，用头撞车玻璃的，咔哧、咔哧声，剧烈的撞击声，还有队员惊慌的喊叫声和绝望的哭声，在沙漠的热浪里让人窒息。

正在这混乱的时候，王飞的车门忽然打开，一个人跳了下去，车门随即关上，扩音器里传出百灵鸟的声音：

妈妈的味道

大家做好准备，王队已经下去，大家开足马力冲出去！

王飞被群狼包围了。

车队掀起滚烫的沙子，脱离了群狼的包围圈。

行驶一百公里后，车队不约而同地停下。王飞为了救大家跳下车，一定被狼吃得只剩下衣服了，连骨头也不会剩下。大家的心情很沉重。那辆越野车调转了车头，顺着原路返回。其他的车子也调转了车头，紧紧跟在后面，只有百灵鸟紧紧地抓住扩音器，一动不动。

狼群驻足的地方已经不见一头狼，它们就像团里的人做了一场梦，消失得连痕迹也没留下。只留下一个人静静地躺在沙地上，仿若没有了知觉。

回城后，王飞对百灵鸟说：我不怨你，你推我出去时，我也正想跳下去，你也是为了救大家，我理解。当群狼看到你们绝尘而去，留下我一人，它们围着我哀号了很久，也迅速撤离了。狼，有时比人更让人猜不透。

穿越狼塔山

李勇警觉了，盯着王花鼓鼓的地方，那么湿的一包东西，来不及擦水，就塞进刚刚结冰的身体，一般的女人根本不会这么干。

蒙特开曾大阪海拔高度3960米，是完整穿越狼塔山的关键点。此刻，队员们正顶着风雪攀爬蒙特开曾

第一章　来自西域的传奇

大阪。

登上绝壁的时候，李勇脚下一滑，他随手抓住一块裸岩，登山包在他后背使劲下坠，他腾出左手，想使劲全力爬上去。"抓住我的手，李队！"王花跪在雪地上，李勇一把抓住她的手，冲力作用下，他的身子往后滑了半米。王花把冰橇插在积雪里，这样可以延缓移动速度。一块岩石恰好挡在前面，王花深深喘了口气，想通过岩石的阻力将李勇拉扯上来，但因为力气单薄，一切努力都是徒劳，积雪反而簌簌落在李勇的脸上。如果，王花就此撒手，我就完了。李勇忽然醒悟过来，如果当时抓住裸岩，还有一线生机。他绝望地闭上了眼睛，心里还在恼恨自己为啥不留意脚下，带队这么久，还从来没出现过这么大的失误。

李勇说，"你松手吧，别把你也带下去了。""别说话，你抓住岩石，我不会松手的，除非咱俩一起掉下去。"王花已经力不从心了。李勇恨不得用自己的胡子搓根绳子，吊死自己。

幸亏前头队员看不到他们已经找了回来，几人合力把李勇拽了上来。

翻越柯纳尕依特大阪后，就进入狼塔山的地界。

李勇回头数数落在后面的徒步爱好者，心中满是担忧。这次徒步穿越狼塔山的一共有13人，两女十一男。进山之前，刑侦队的老李叮嘱过李勇，每次徒步者出山后，总有一批毒品流入市场。老李怀疑这批毒品就是由"狼塔线"穿越爱好者带出来的。李勇这次带队，还有

妈妈的味道

个任务，查出谁是带毒品的人，以及背后的链条。

李勇和队员们四天相处下来，逐渐排除了6人，剩下的6人就不好说了，没有查到之前，个个是嫌疑对象，当然，也存在另一种可能，就是这次没人携带毒品穿越。

中午到了尔特兰塔河边。河里已经结冰。大家穿上冰爪在冰河上走着，没有在冰面行走的过队员觉得很新鲜，有几位男队员兴奋地呜哇哇喊起来，不知道是谁，打了几声尖锐的口哨，惊得头顶盘旋的老鹰嗖地飞远了。

"救命啊！"突然王花一声惊叫，转眼沉入冰下，不见了。李勇走在最前面，听到惊叫声赶紧后退，只见冰面上有个刚容得下一个人的冰洞，他趴在冰洞前，伸手往水里摸索着，试图抓住掉入水中的王花。河面虽然结冰了，冰下的水流很急。李勇没有多想迅速脱光衣服，一头扎进了冰洞。

大家眼睁睁地盯着冰面，一分钟、两分钟……十分钟后，王花被托举出来。队友赶紧上前把她拽了上来，王花刚出水面衣服就冻住了，上下牙齿冷得激烈地打架，她惊恐得连哭都不敢了。有经验的队员第一时间，没容王花反抗就脱光了她的衣服，几人用雪在她身上揉搓。李勇上岸后，看到王花身上还在结冰说这样不行，得用力，他抓起一把雪，在她身上大幅度地揉搓起来。其他队员也放开了手脚，用雪搓遍了王花全身，不一会，王花的身体就红了起来，有了温度。王花哆嗦着穿上备用衣服后，大家才想起冰洞，有人猜想，应是更早的时候，有人砸冰取水，冰面还没来得及冻结实，王花一脚踩上

第一章　来自西域的传奇

去，掉了下去。

岸上已经生起了火堆，女队员燕子已经把王花的衣服抱到岸边烘烤。她把王花包里的卫生巾、化妆品掏了出来。王花一看到卫生巾，伸手拿了过来，揣在怀中。燕子说："不能用了，里面都是水，很沉的，扔火里吧，用我的。"王花看了几眼燕子，眼睛眨巴几下没说话。

李勇警觉了，盯着王花鼓鼓的地方，那么湿的一包东西，来不及擦水，就塞进刚刚结冰的身体，一般的女人根本不会这么干。除非？王花看李勇紧盯着她，一下紧张起来，惊慌失措的眼神不知该看向哪里。气氛如零下25度的空气，瞬间冰冷了。一群呱呱鸡叽叽喳喳走过来，歪着小脑袋看看这个队员，又看看另一个，有一只啄了一下李勇的登山鞋，把自己吓得直往后退，长尾巴在雪地上划了一道长长的痕。狼牙试图抓住那只调皮的呱呱鸡，刚伸手，呱呱鸡就飞入旁边的梭梭丛里，震得积雪纷纷扬扬飘落。

徒步的时候，王花和李勇保持了距离，远远地走在队伍中间，李勇的一声咳嗽，都惊得她回头瞟上一眼。李勇知道那包卫生巾有问题，却不知道该如何拦下。

就要出山了，李勇下定决心，只要到了目的地，他就撕下脸，硬要下那包卫生巾，不管用什么方法。

登上冰大阪，大伙都开心地欢呼起来，在大阪和蓝天雪峰合影是每个徒步者的梦想与心愿。李勇挤到王花身后，拍了一下她的肩膀，王花笑笑掏出那包卫生巾，使劲扔下山，她说用不着了，狼塔山太纯净了，容不得半点污染。李勇吃惊地看着王花跳跃着下山,长长地舒了口气。

远处的山头,几头狼正追逐一群黄羊,一只雪豹在更高处俯视着羊群的动向,两只金雕从雪豹头上掠过……

沙漠神鸟

贪狼呜咽了几声,停了下来,"他妈的,我连哭都没劲了,这么久才见到一个人,还是拿枪的。"

吉瑞在塔克拉玛干追踪贪狼整整二十天了。

贪狼是白湖农场的重刑犯,二十天前徒步穿越沙漠潜逃。吉瑞和队长开着车追了三天,细细的沙子索索起舞后,他们还没来得及找个地方停车,就被遮天蔽日的沙尘暴袭击了。风平浪静以后,车里的燃油也已耗尽。队长把所有的水和干粮都给了吉瑞,还有一把手枪,然后吩咐吉瑞带枪继续追踪贪狼,他回去搬救兵,接应吉瑞。

沙尘暴改变了沙漠原有的地形,一座座庞大的沙丘挡住了吉瑞的视线,白天他根据太阳的方位确定位置,晚上温差大,他除了身上穿的警服,没有遮寒的衣服。水在两天前就只剩下一小瓶,渴的时候,吉瑞就润润干裂的嘴唇。干粮5天前就没有了,空旷的沙漠里只有他

第一章　来自西域的传奇

一个人拄着一根骆驼腿骨蹒跚地走着。这根骆驼腿骨是吉瑞两天前捡到的，他搜遍了骆驼骨头，希望能找到一点骨髓或者一点干肉也行，无奈这架骆驼死得太久了，除了这根骨头还硬棒一点，其他都风化了。

吉瑞在十年前曾成功追踪过一名企图穿越塔克拉玛干的重刑犯。追到的时候，那人已经变成了干尸，一滴水分也没有。沙漠也成了那人天然的坟墓。

一丝风也没有，气温升到了50多度，沙漠还在接受太阳的炙烤，他干渴的肌肤被热浪灼伤得疼痛难忍。他艰难地翻过沙丘，在背阴处缓缓躺了下去，眼睛干涩得连闭上都困难了，已经两天没排尿了，如果找不到水源和食物，自己也会成为那具干尸。吉瑞想着，连眼睛也懒得睁开了，他想，队长可能和他走错路了，沙漠里原本没有路。他的思绪缥缈起来，进入迷离的境界。

"滴、滴、滴、滴"，一阵鸟叫声唤回了吉瑞的意识。他动动手，还活着，眼睛干裂得睁不开，他缓缓地掏出半瓶水，抿了一口湿湿干裂的嘴唇，又喝了半口，没有咽下去，他用手沾点水，湿湿眼睛，睁开眼，一只褐色的，尾部是白色的鸟正在他头上滴滴叫着。鸟用弯弯的，钩一样的喙啄了一下他干瘪的脚面。吉瑞幸福地呻吟了一声，知道自己有救了，听到鸟叫就预示着离水源不远了，那只鸟就是号称沙漠生灵的塔里木神鸟，这是沙漠居民给它们赋予的美好称谓，它的真实名字是白尾地鸦。吉瑞又喝了一口水，缓了缓气，温度明显降了下去，热浪还在翻腾着，那只白尾地鸦叫着飞了几步，灵巧地回

妈妈的味道

头瞅了一眼吉瑞，翻过沙丘不见了。

吉瑞翻过沙丘惊讶地发现一片红柳在沙漠里静静地矗立，这片红柳绵延着伸向远方，他坐着滑下了沙丘，来到红柳下，伸手摘了一片红柳叶，咀嚼了几下，虽然涩，还是咽了下去。很快，一棵红柳的叶子全部进入吉瑞的胃里，他舒服地躺在第二棵红柳下，紧紧抱着红柳根，闭上眼睛。吉瑞冻醒时，已经到了深夜，繁星深情地眨着眼睛，吉瑞想起了一首歌谣，一闪一闪亮晶晶，满天都是小星星。他在满天繁星中找到北斗七星，确定了方向继续走下去。黎明时，吉瑞竟然发现一个人影，虽然隔了很远，吉瑞还是认出来他就是重刑犯——贪狼，他的囚服虽然破烂不堪，但白色的镶边还是那么醒目。

吉瑞掏出手枪，借着红柳的掩护悄悄跟了过去。贪狼忽然蹲在红柳后，一动不动，难道被发现了？吉瑞也蹲下了身子，所幸贪狼没有回头，他的目光盯向了前方。吉瑞顺着贪狼的目标看下去，发现神鸟正在扒一处沙子，等沙子扒出一堆后，贪狼一声叫，吓飞了神鸟。贪狼连滚带爬过去，从沙子里拿起一只干瘪的虫子，接着各种虫子进入贪狼的嘴里。原来贪狼靠吃神鸟埋藏的食物维持生命。吉瑞趁着贪狼全神贯注吃虫子时，悄悄摸到贪狼后面，用手枪对着贪狼："827，举起手来！"

贪狼哆嗦了一下，举起了双手，一只虫子还捏在手里。吉瑞一秒钟候反映了过来，贪狼的手是举起来了，却没有办法绑他，手铐、绳子都没有带。贪狼两秒钟后回味过来，他一边把虫子送进嘴里，一边说："省省吧，

第一章　来自西域的传奇

管教，能活着出去就是造化了，你要有本事把我送回白湖农场，您就是我的救命恩人，这辈子我就交代在那里，再不跑了，给我一万个胆也不跑了。"

吉瑞无力地瘫坐下去，紧张的神经耗去了他所有的精力，抓到贪狼又如何，他没本事把他带出沙漠，也没本事把他带回农场。

"我们俩是拴在一条绳子上的蚱蜢，先保命要紧。"贪狼说着站了起来，摇摇晃晃回到红柳树下，坐下，"喂，有尿没？给点尿喝喝也行。"

吉瑞无力地摇摇头，头上的神鸟还在滴、滴滴叫个不停。吉瑞想了一下，"不能停下，站起来走，走就有希望，停下就是等死！"

"你用枪打下那只鸟，我们就有救了。"

"打死你也不能打死神鸟，这是沙漠里的精灵，是濒危物种，我们保护还来不及，休想伤害它们！"

"去你的，假正经，死到临头还爱护鸟，你该好好爱护一下自己，看你干瘦的，真该好好补补了。"

"废话少说，走，继续走！"吉瑞用枪对着贪狼，示意他起来，"继续走！"

贪狼无奈地站起来说，"兄弟，省下那颗子弹打鸟吧，我不给你争，只要你留着命把我带出沙漠，或者跟我说句话也行。"贪狼呜咽了几声，停了下来，"他妈的，我连哭都没劲了，这么久才见到一个人，还是拿枪的。"

贪狼走在前面，吉瑞举着枪跟在后头。走到第三天，贪狼无力地跪下对吉瑞说，"管教，前面又是荒漠了，

11

妈妈的味道

求求你，让我在这自生自灭吧，我再也不能面对无休无止的荒漠了，闭上眼都是死亡哪！"

吉瑞早就看到红柳走到了尽头，他这几天吃的红柳叶不消化，腹胀难忍，加上滴水未进，迈一步浑身干辣辣的疼，好像皮肤随时要爆开。

一声微弱的滴滴声传入耳膜，他们同时看到，身后的红柳后面，有一窝小鸟，正惊恐地挤成一团。贪狼缓缓爬了过去，眼睛冒着绿光。

"站住，不许你打神鸟的主意！"贪狼无视吉瑞的威胁，爬到鸟窝前，抓住一只小鸟扯下了长了绒毛的翅膀。吉瑞举起枪，都无力扣动扳机，他软软地倒了下去。

吉瑞是疼醒的，睁眼就看到贪狼脸上、嘴上有干涸的血，他胃里一阵痉挛，"哇"的一声，那些没消化的树叶一股脑喷了出来。

"你善心，我让你善心，我好不容易逃出农场，你竟然一路追了过来，你去死吧，我要喝你的血、食你的肉走出这沙漠。谁也休想挡住我的路。"贪狼用枪托一下一下砸向吉瑞。

一声枪响，传来贪狼的惨叫，一只神鸟啄了贪狼的眼睛，贪狼举起枪胡乱射着，神鸟啄向贪狼的另一只眼睛。吉瑞的意识再次进入模糊状态。

吉瑞醒来时，下起了小雨，队长笑眯眯地叫着他，队长说："听到枪声，我们赶了过来，贪狼疼痛难忍，爬了很远了。已经给他包扎好了。好在你也醒了。"

吉瑞抬头，看到红柳枝上一只神鸟正滴滴叫着，他

第一章　来自西域的传奇

问队长要了几瓶水，放在树下，"怪不得它们叫神鸟，真是沙漠的神鸟啊，竟然能分得清好人坏人。"

"滴、滴、滴、滴……"神鸟一点不谦虚，飞到瓶子边，研究起了装满水的瓶子。

第二次越狱

狱警笑着对我说，你是个奇迹，唯一的奇迹，徒步从那里走出来，我们都给你打死亡报告了。真不忍心再带你回去，你走了整整三十五天啊。

三儿是我的邻居，现在，他正和我们一起吃饭。喝了几杯伊力老窖后就醉了。醉了就说起了酒话，下面的酒话不像出自一个语无伦次的人嘴里。没办法，缺了的语句，我补充了一下，希望大家可以看明白。

我年轻的时候，你们都知道的，年轻气盛，犯了很多年轻人的毛病，打架斗殴是常事。我记得很清楚，那晚在天皇歌舞厅唱《酒干倘卖无》。我的女人，被一个不知深浅的哥们拉起来跳舞，要是搁现在，我就不会动怒，兴许还会得意。

审我的时候，才知道那家伙被我用酒瓶砸中，抢救无效死亡。早知道这样，我就让女人陪他跳舞得了，哪怕一辈子和他跳，我也不想让他死在我手里。我愧对他啊，愧对他父母的以及他所有的祖先，他们最后的根毁

妈妈的味道

在我手里。真心的,我不是故意的,他要不死,现在肯定子孙满堂。不像我,还是孤老头一个。

进了白湖农场,我才知道绿色对生命多重要。我们拔掉的每棵草,都要重新栽到一个地方,让它活,让它结籽盼着下季长出更多的草,每天看着一望无际的沙漠,我绝望啊,随着太阳的一起一落,我的心也跟着起起落落。

农场里流传着很多狱友逃跑的故事,有一人走出半个月,皮包骨头地回来了。那人带了三十管牙膏,没走出沙漠。后来才知道,牙膏渴的时候挤在嘴里解渴。那人以为不渴就能走出沙漠,他没想到还要吃的,要喝水。那十五天里他的食物是蜥蜴。

我想逃出去,我不想美好的年华埋在无边无际的沙漠里,我想父母,想上海花红柳绿的世界。这个灰色的世界,我实在待不下去。

那是个秋天的早晨,我行动了。我们收获了很多南瓜,一堆堆码在一起,我早悄悄在沙子里埋了几个。我们出工,才干了小半天,我报告肚子疼,狱警就让我回去。回去没人管,地球人都知道谁也逃不出去。走到骆驼刺那儿,我扒出我的牙膏,总共十管牙膏,这是我三年下来积攒的。每月8元的生活底薪,我总会省下点钱,多买一管牙膏,嘴巴实在臭得不行我才刷牙。省下的牙膏都埋在这棵骆驼刺下,对了,还有一个酒瓶子,里面装着一瓶水。那个酒瓶子是我拉屎时从沙子里无意中抠出来的。我一直认为这瓶子是专门帮助我逃走,在那儿

第一章　来自西域的传奇

等我的。沿途，我又扒出我埋的五个南瓜。

我一直向东走，我记着太阳升起的地方，我知道自己的家就在太阳升起的地方。迷路、失去方向的时候我就挖个沙坑，把自己埋进去。等太阳升起时，我再选定方向继续走。

第二天，剩下半瓶水，我不敢再喝，看到活的蜥蜴，我就捉住，把它弄死，忍着呕吐感咽下去。我不敢哭，怕身体里仅有的水分给我哭没了。渴的时候我就挤些牙膏在嘴里，让渴的感觉消失。太阳最毒的时候，我才掰块南瓜吃，保持自己的体力。

看到房子时，我一激动昏倒了。醒来时，狱警坐在我身边，我以为自己做了个长长的梦。可是，无数次把自己埋在沙子里，等待着黎明的出现，无数次咽下让人呕吐的各种爬行动物，还有那甘甜脆爽的南瓜，含着让人清醒的牙膏，还有喝自己越来越少的尿液，那明明不是梦么呀！

我干裂的嘴唇难以张开，一个蒙古男人用勺子往我嘴里喂微热的牛奶，我知道，自己不是做梦，我从白湖农场走出来了。

狱警笑着对我说，你是个奇迹，唯一的奇迹，徒步从那里走出来，我们都给你打死亡报告了。真不忍心再带你回去，你走了整整三十五天啊。

我又回到了白湖农场，老老实实待到出狱。

三儿，狱警怎么知道你在那儿的。谁忍不住插了一句。

15

妈妈的味道

唉，都怨我那身囚服，上面印着白湖农场，虽然破烂不堪，还是出卖了我。

他妈的，回上海这么多年了，梦里还是那些沙漠，我竟然无数次想重返那儿，在那里面还有很多奢望、很多理想。在这儿只有绝望，买不起房，娶不起老婆。

三儿喝完杯里的酒，看着面面相觑的我们丢下一句话走了。

他说：在里面，身子不自由，思想自由，出来了，就不知道自由是什么玩意了！

伊犁河之恋

刘岳勇捏着闫章泰写的诗，傻子，怎么可以热恋一条河呢，你不知道爱上女人的滋味啊！

闫章泰接过娘的包裹，那里的金银细软是娘积攒的全部家当。临了，娘掏出一封信给他，这是我给新疆警备总司令陶峙岳将军写的一封信，你爹是他的警卫员，看在你爹的分上，他会照顾你的。闫章泰来不及给娘擦拭源源不断淌出的泪水，欢天喜地跑向了火车站。

火车停了又停，终于下了火车，坐上了解放车。看着辽阔的、荒凉的戈壁滩、泛着白光的盐碱地，闫章泰心中充满了好奇，途经陶峙岳将军工作的地盘，他也没

第一章　来自西域的传奇

有停留,而是买了一匹马,直接去了伊宁,那儿有伊犁河,他朝思暮想的河流。

闫章泰在伊犁河畅游了几年,等他回来找陶峙岳将军的时候,陶峙岳将军已经回了内地,那封信就放在了他贴身的口袋,找不到人拆阅了。生计成了问题,娘给的盘缠除了自己吃喝,很大的一部分给了伊犁河两岸的牧民,原本他想自己找到陶峙岳将军之后,会吃香的喝辣的,那些钱对自己也没什么用。

身无分文的闫章泰打听到乌苏有他的同学刘岳勇,就一路找了过去。刘岳勇和他都是第三海军学校1956年毕业的学生,毕业之后他们都向往新疆,没有留在舰队,各自奔向了新疆广袤的土地。刘岳勇找了个漂亮媳妇,还开了间理发店。闫章泰一看刘岳勇的装束就笑了。刘岳勇穿着一身海军服,手拿着推子,那双细白的手在牧民黑脑瓜上游走,脚上的马靴还不停地抖几下,好像在跟着节拍运动。刘岳勇问闫章泰有何打算。闫章泰说,伊犁河已经去过了,今生也没什么牵挂了,打算找个地方安稳下来,以后有想法再说。在刘岳勇的建议下,闫章泰成了人民公社的一员,天天扛着坎土曼在田间劳作。别人干活,他拄着坎土曼给人唱歌听,要不然就吟诗,讲外国故事。牧民们愿意替闫章泰干活,只为了他嘴里永远讲不完的各国奇闻轶事,还有海上的舰队如何驶过无际的大海,海底的鱼儿如何自由游弋,珊瑚礁怎样堆积成一个岛屿,那些都是牧民眼里最神奇的世界。

闫章泰拄着坎土曼一讲就是二十年、三十年,期间

妈妈的味道

包产到户了，公家给他分了土地，给他分了房。他的土地都是雇人干活，人家干活他依然在讲故事，那些故事讲得已经没有了滋味，很多都被老辈复述给了小辈听。现在出来帮工的都是小辈，他们早就听腻了闫章泰的故事，电视、网络那么发达，谁还想听三十年前的事情呢。闫章泰就成了迂腐的代名词。这个名词还是好听点的，有的人还说，男人和女人天生就是一对，谁还能像闫章泰那样变态，不喜欢女人，嫌弃女人脏。闫章泰有过女人，不吃大锅饭以后，他不会做饭，生产队给他安排了一个女人，他们过了一段时间，他就把女人赶走了。他不会说谎，别人一问他为啥不让女人做饭给他吃，他说女人太脏了，屁股还流血。女人走后，闫章泰的屋子又恢复了原貌，一床、一桌、一凳、一张炉子。每天早上他走几百米到自流井洗漱，然后步行回家。他讲了一辈子书，唱了一辈子的歌，庄稼收的不够自己吃，经常饿肚子。

闫章泰的同学刘岳勇也独身了，他漂亮老婆受不了他的严密监视：他不让她和任何男人说话，说了就打一顿，也不能看人家一眼。女人是跟盲流跑的，女人跑了之后，刘岳勇就沉默了，经常盘算女人肚子里的儿子长多高了。有人说，这两同学，在我们公社是最有文化的两个人，可惜那个年代培养出来这样的人才竟然没处施展他们的才华。

去年，刘岳勇的女儿来寻他了，刘岳勇得了偏瘫，拄着一根棍，胳膊底下经常夹着几张纸壳子，坐在朝阳的地方晒太阳。看到女儿，他还不相信，这个年满四十

> 第一章　来自西域的传奇

多岁的人是他女儿而不是儿子。

他的同学闫章泰三年前的冬天去世了，别人发现他的时候已经走了三天，手里拿着火钩子，倒在炉子旁。别人收拾闫章泰的随身物品，发现了他娘写给陶峙岳将军的那封信，还有他写的一首诗，名字叫：伊犁河之恋。

伊犁河，我倾尽一生

就这样远远地静静地

候着你……

刘岳勇叹口气，想起他们在学校的日子，想起闫章泰到新疆之后，再也没有回过故乡，也没有到过伊犁河，他俩都没出过乌苏。别人说，闫章泰的爹娶了三房媳妇，把闫章泰的那份也娶走了。刘岳勇捏着闫章泰写的诗，傻子，怎么可以热恋一条河呢，你不知道，爱上女人的滋味啊！

看，那荒原

他们能杀他们的恩人，也会杀害我们。孩子，人活着，总有一些事是迫不得已，就如杀人……

从艾其沟泥火山群西行，约三十公里，有疏离的土墙散落在辽阔的戈壁滩上，那儿灌木茂盛，一看就是适宜庄稼生长的好地方。

时间倒退一个世纪，姑且这样吧，剩下的十年就不

妈妈的味道

提了。还是这片戈壁滩，从安徽来的一群人，在一位老者的带领下开荒种地，修筑了很多灌溉渠，挖了很多地窝子，如鼹鼠一般，在地下讨生活。

剩下的十年再加上吧，这十年里他们有了骆驼，有了马匹，有了羊群，有了春暖夏凉的土坯房，更有了大片的土地。

牧羊犬的狂吠把屋子里休息的人都叫了出来。大家三三两两从相距很远的房子出来，就看到他们的地头出现了一群人，如当年他们的模样。亲人呐，老者拄着红柳做的拐棍，颤颤巍巍迎了上去。

这群人住了下来。老者让年轻人帮他们挖地窝子，让他们开剩下的土地，吃自家的玉米，喝自家的奶茶。冬季的雪说来就来了。安徽人已经在硫磺沟找到了随处可见的煤，用骆驼一趟一趟运回来了。新来的住户，借了骆驼，驮了几趟嫌路途遥远人遭罪，就放弃了。他们砍伐红柳在地窝子里慢慢熬冬。

有人丢了煤，有人丢了羊，有人的闺女眼看肚子大了，不知道跟的谁。安徽人全聚到了老者家中。

大家七嘴八舌发泄对那些人的怨气，说戈壁滩上那么多野兔，自己不去套野兔，偷我们家一只老母羊，那只羊看起来最肥，是快要下崽了啊！我当时在地窝北面发现他们吃剩的骨头，流的眼泪都冻成冰坨子我吭声没？还有人说，荒原上还有很多的野驴、马鹿、黄羊，他们年轻力壮也可以跟我们一样，逮了拿到乌苏市换点生活用度，也不用向我们吃一口要一口，我们那时还不

第一章　来自西域的传奇

是靠县城里那些商户接济活下来的!

老者沉静地听完大家的牢骚,说人活在世,孰能无过,不管做什么事情都要给人家留条活路。咱们再帮助他们一冬,明年开春,看他们的打算,如果他们再这样荒淫无度,咱就不管了,让他们自己找活路去。

说着说着小草就呼啦啦冒出来,雪水欢快地唱起来,雪狐也退了毛,狼休闲地散步,春天来了。安徽人已经磨好刀收拾好农具,给马刷毛,给牛加料,准备春耕了。多美的春天啊,一切都是那么新鲜,连空气都透着希望。

那一夜,熟睡中的乌苏人突然就醒了,他们听到旷野里传来撕裂人心的哭喊声、咒骂声、救命声,这样的喊声持续了一夜。摊到了兵荒马乱的年月,惊醒的人只能静静地听着,没人敢去看个究竟。

第二天,在乌苏市做生意的商户惦念着那帮安徽人,不知道他们发生了什么事,就骑马去探望。哪知道远远地看到遍地血淋淋的尸体,那帮新来的住户正清理尸体呢。几位生意人没下马谎称是过路的,匆匆逃离。

第二夜,遥远的乌苏人又听到旷野里传来撕裂人心的哭喊声、咒骂声、救命声,这样的喊声持续了一夜。从此旷野里没有一个活口!那儿尸体遍布,没有人去掩埋。一到夜里,遥远的乌苏人总能听到厮杀声,哭叫声从那儿传出。

时间直接到"文命"吧。我爷爷给人抓住,说那帮新来的住户是爷爷找人杀死的,还说爷爷不能看着安徽人给土匪灭口,就联合了一群勇士,夜里去灭了那帮土

妈妈的味道

匪。事后，他们还在乌苏市做着各种营生。没有人知道他们曾杀过人，还杀了那么多杀人不眨眼的土匪。

处理爷爷事情的人，调查了整个城区，没人证明那件事是爷爷干的。爷爷老得不能动的时候，我问起了那帮土匪。爷爷伸出颤抖的手说，那晚，我们就没想着能回来，大伙平时就杀鸡的胆儿，还不是怕那些土匪吃壮了，进城杀人。他们能杀他们的恩人，也会杀害我们。孩子，人活着，总有一些事是迫不得已，就如杀人……

每当路过那片荒野，我总能隔着百年隧道，听到厮杀声。爷爷是英雄，他在我的心中，永远都是，虽然他已经成了一张泛黄的照片挂在我家的墙上。还有很多像我爷爷这样的无名英雄淹没在乌苏的历史中……

激战博格达峰

刚果怎么看少女都不像江湖传言的妖女，加上此女激战中在他耳边说："连你也和我作对吗？"手下愈发迟疑了。

刚果才下山，豆大的雨点便砸落下来。他左右眺望，前方有凉亭，刚好能避急雨。他快步进去，只见一位美人躺在石凳上睡得正香。刚果不觉愣住了，这不就是刚才偶遇的少女吗？一阵凉风刮过，夹带着冰凉的水珠。刚果心中一动，脱下大氅，盖在少女身上，冒雨奔下了山。

第一章　来自西域的传奇

山下悦来客栈有人在等他。北峰峰主上上道人邀请他今晚围攻天山妖女婉萝萝。传闻天山妖女杀人不眨眼、心狠手辣，江湖人士对她都心怀恐惧。这次不但约来了刚果，还有西域毒王和沙漠飞狐。另有三人已经埋伏在博格达峰，他们组成七星阵，欲力斩妖女婉萝萝。

四人分三路上了博格达峰。刚果身背龙吟剑，上到山顶，有点发抖，他忽然想到自己的大氅还在那少女的身上，那还是闯江湖时，娘亲亲手为他缝制的，自己一念之差，就送给了别人。现身的三人都身穿貂裘，头戴兔帽，站在一尺厚积雪上，刚果不禁打了一个冷战，刚想施展内力抵抗寒冷，耳边传来一声娇喝："不是说好的七星阵，怎么来了四人？难不成怕了？"刚果闻言精神一阵阵，一身披大氅的少女站在满月之下。这不就是凉亭里睡觉的少女吗？身上那件大氅也是自己的。上上道人沉声道："你还怪准时，现在开始吗？"少女娇笑道："速战速决，免得有人冻死在山巅。"刚果心中一动，想这少女年纪轻轻，说话这么狂妄。没有露面的三人不知道武功如何，单是这三人就是一等一的高手了，更何况还是七人围攻一个弱女子。看来这少女来历不凡，一定有过人之处。且对自己还有点照顾，自己且看且行，不到万一不下杀手。

几人闻听，抽出兵刃，摆成七星阵，埋伏的三人也补上了缺口，把天山妖女婉萝萝围在了阵中。

气氛很紧张，谁也不愿意使出第一招。七人围着少女不停地变换阵势。

埋伏的蒙面人忍不住了，不声不响双钩凌厉地展开

妈妈的味道

了攻势，一招"飞吻香肩"，刷的一声，就钩向了少女的双肩。只见少女轻盈跃起，冷月剑荡开了双钩，还没落下，西域毒王的魔铲已经铲到了锁骨。少女并不回避，一招"仙人指路"反刺西域毒王的命门，后脚踢向了偷袭的上上道人。西域毒王急急收回魔铲，急攻下三路，怎奈少女轻功了得，一点一纵，就飞向了他头顶，一招"霸王捞月"刺向西域毒王的秃头。幸亏蒙面人双钩齐出，救了西域毒王一命。

蒙面人观战了一会，等少女换气落地时，双钩也同时出手，专钩少女的双脚。逼迫她不得不借助其他人的兵刃再次跃起。刀剑上起跳，没有过人的武功谁也不敢。刚果不觉看呆了。少女好几次都是在他的剑上起跳。他都恨自己的龙吟剑太锋利，害怕不小心伤到少女小巧的俏足。索性，每次都有惊无险。

一阵冷风吹过，夹起了索索的冷雪，打在脸上犹如刀割。再看少女指东打西，指南打北，在七星阵里如盛开的曼陀罗，电光火石间，武功弱的两位已经受了剑伤。刚果怎么看少女都不像是江湖传言的妖女，加上此女激战中在他耳边说："连你也和我作对吗？"手下愈发迟疑了。上上道人在西域毒王也受伤后，大声呵斥刚果："你和她是一伙的，为什么她身上穿着你的大氅？"说完，他反手一剑，对刚果展开了攻势。"算我走眼，看错了人！"高手对垒，最怕的是临阵倒戈，上上道人难道不懂？刚果纵有千张嘴，这时候也辩解不清。大氅仅仅是一念之间易主了，说出来谁信？

第一章　来自西域的传奇

千招已过,少女一招"横江飞渡"脚踏"坎"位,转"离"方,西域毒王的魔铲脱手飞向山下。沙漠飞狐大喝一声妖女休狂,补上了西域毒王的位置,一招"西施浣纱"紧跟着就是"神龙摆尾",一对判官笔点得如瀑布翻飞。饶是这样,也没挡住少女的利剑。她忽然大喝一声:"奸贼,陈道宏,你终于出现了!"刚果闻言大惊,这不是自己一路追踪的人吗?没想到今晚竟然和他组成了七星阵,刚果不假思索,一招"猴子摘桃"直奔蒙面人而去,少女的冷月剑挑开了陈道宏的面巾,刚果的龙吟剑刺向了陈道宏的锁骨——他不想一招致命,这人身上还藏有其他党羽的名单。

瞬息变化间,刚果和少女就组成了联盟,两肩并肩、背靠背对付起了六人。上上道人没想到形势变化这么快,七星阵一乱,胜败就在一瞬间,加之三人身负剑伤,一人反叛,今晚要想胜算,那是没希望了:"扯呼?""扯。"西域毒王抖开一纸包,一股恶臭弥漫开来。少女惊呼一声:"不好,趴下!"闭住呼吸,剑随身动,还是慢了一分,西域毒王跳下了山崖,消失在黑暗中,其他人也纷纷逃窜。

刚果站起身,欲追陈道宏。少女摆摆手:"算了,以后有的是时间,热死我了。"说罢,她解下大氅,披在了刚果身上。刚果身上漫过一阵暖流,就如娘亲给他披上大氅一样,不自觉就握住少女的手,纵有千言万语不知如何说起。一轮红日映红了雪巅,也映红了两人的脸庞。

枪　口

赵武的摇把哐当砸在地板上，不知道自己干了坏事，稳稳地躺在那儿。赵武呢，鬼知道他此刻想些什么。

这件事说起来真难为情，从我开始写小说，就抱定一个信念，不能轻易把人写死，我知道不管是真实的生命还是虚构的生命，他总归是生命，不能轻易判人家死刑。只是这次这人一定要死，但你别以为是我杀的，和我没关系，一毛钱的关系也没有。

牛马年好种田，赵武信这个，特意赶在牛年包了一百亩地种棉花。

春天的沙尘暴刮一场，赵武的心就抽一次。抽到第三次时，沙尘暴终于小了，重播了三次的棉田也保住了。看着白花花随风起舞的地膜，赵武黑黝黝的脸绷得更紧了。听说，十三团两口子抵押贷款承包了两千亩地种棉花，第三次沙尘暴刮走地膜，两口子喝药死了，临死把两个孩子也捎上了。赵武默默地为那两口子惋惜，如果不是三年一换地方领导，怎么能引来沙尘暴？地方领导都忙着捞钱升迁。地方上没有工厂，没有企业，该卖的土地都卖完了，大树一转眼也绝迹了。没有遮掩的戈壁，大风还不是想到哪儿野就到哪儿野。

不信年头就是不行。补了三次棉种，赵武的棉花还

第一章　来自西域的传奇

是丰收了。把摘棉花的工人打发走，还掉银行贷款，他捏着手里的五张红票不知所措。赊欠的农资尚有两万五没还。那个姓张的老太婆左一个电话右一个电话催了不下百遍，上门都来了十八趟，要不是害怕银行贷款还不上，下年不给贷款，赵武早就把钱甩到她脸上，要要要，要人命啊！

姓张的老太婆又打来电话让赵武去一趟，赵武开上小四轮就走了，老婆在后头喊："武子，你喝多了，不能开车，明天去吧！"

赵武回头嚷道："你以为开的是宝马，这也能叫车。一天到晚就知道叨叨，少人家钱不还，想赖账啊！"

赶到张姓老太婆店里时，天已经黑了。赵武害怕小四轮摇把给人顺走，就拎在了手里。

张姓老太婆一见赵武，老脸就拉了下来，开始数落他："我好心帮你，棉花也卖完了，钱也到手了，该把账结了……拿来，我把你的账划掉。"

赵武赔着笑说："我没有钱，想给您商量一下，今年的行情您也知道，棉花收购受到了限制，我们都是拿着身份证到指定的收购点卖棉花，毛衣分给人家压的，一公斤卖不到6块，给人拾花费就去了2块多，后期拾花费涨到3块多一公斤，才卖4块多一公斤。去掉杂七杂八的费用，没有了。今年棉农都不行，谁种得多，赔的就多。我想请您通融一下，等政府补贴下来，或者贷款下来，我还您行吗？对了，我还可以适当给您点利息。我这人讲信誉，从来不赖账，说给您还就给您还。"

妈妈的味道

"好啊，赵武，等政府补贴，亏你想得出，等到猴年马月了，政府哪年能给你补贴？银行是你家开的？没钱你大黑天跑来干啥，看我孤老婆子想抢劫吗？"

赵武哆嗦了一下："我可没那个意思，你不能冤枉好人，是你打电话让我来的，我开的小四轮，天黑也不怨我，我要是不来，晚上，你不把电话打爆了！"

张姓老太婆翻着账本，牢骚叽叽像机关枪，射得赵武身心处处滴血，千疮百孔。从小到大他何曾受过这鸟气，他猛然想到了十三团自杀的两口子，妈的，不就是个死吗？看着老太婆连连翻着账本，嘴里还在滔滔不绝射着子弹，他上前一步，把老太婆拨拉到一边，刺啦一声，把自己的那张欠条撕下来，三两下撕得粉碎。他把碎片装进口袋，掰掉老太婆抓胳膊的老手，向门外走去。老太婆忽然大喊起来："快来人啊，抢劫啦！杀人啦……"

跑出门的赵武慌忙进屋，紧张地去捂老太婆的嘴。老太婆抓住赵武的胳膊，更大声地喊起来："快来人啊，杀人啦，抢劫啦，救命啊……"

赵武举起了小四轮摇把，向老太婆头上敲了一下。老太婆马上闭嘴，连气也没了。赵武的摇把哐当砸在地板上，不知道自己干了坏事，稳稳地躺在那儿。赵武呢，鬼知道他此刻想些什么。

事情不可思议地发生了，信不信由你，我其实也不相信。听完事情的发生经过我很惋惜，身为作家，我想我有义务记录下来，警醒自己不要冲动。

第一章　来自西域的传奇

铁木真的马蹄

铁木真目睹了从悬崖上纵马跃下的二人，不仅阻止了前去追击的骑兵，还对儿子们赞颂道，长生天保佑，为父者应有这样的儿子！

铁木真统一蒙古后，派忽必烈出征西夏。

忽必烈的人马一路扬起漫天的灰尘如追赶羊群的苍狼滚滚而来。西夏的国主阿尔思兰吓得不战而降，带着金银珍珠宝、锦缎等贵重物品到蒙古国拜谒铁木真。铁木真很高兴，我们蒙古国初定，感谢长生天，首战不费一兵一卒，就取得如此成果，我把女儿赐给你吧。

铁木真还没从喜悦中缓过劲来，又听到快报：花剌子模王国竟然杀了他派去的商队和使者450人。

铁木真大怒，立刻集结兵力，发动对花剌子模王国的征讨。花剌子模，原臣属西夏，1209年摆脱了西夏的控制，成为独立的王国。其疆域东至河中、西至伊拉克、北至锡尔河、南至印度，是中亚地区一大强国。铁木真出发前派使者对阿尔思兰说，你不是说要做我的右手吗，如今我要去征讨花剌子模，你可以随我一同前去。不等阿尔思兰说话，他的手下阿沙敢不抢先开口：既然力量不足，还做什么可汗？

铁木真闻言想，我还没死，他竟然说这话，我们还

妈妈的味道

要征讨花剌子模，腾不出手，暂不理会，等我报仇回来，再与他们了断。

哲别听令，你打先锋！以速别额台、脱忽察儿听令，你们带领大军一个居中，一个断后。你们三人从城外迂回过去，到花剌子模之后，待我们到达时前后夹击，打他个措手不及。铁木真给将士细细做了安排。

哲别未动一草一木，悄悄从城里穿了过去，随后速别额台也悄悄地穿了过去，但垫后跟进的脱忽察儿却掳掠了花剌子模城外的农民。因城乡被掠，守城的罕篯力克逃到城里，与国主扎剌勒丁·莎勒坛联手迎战铁木真。

他们联手把铁木真的先头部队追至铁木真跟前，哲别、速别额台、脱忽察儿及时从扎剌勒丁·莎勒坛、罕篯力克背后杀来，前后夹击打败了他们，又乘胜追击其溃逃的余部，一直追到了印度河边。花剌子模骑兵无路可逃，有的战死，有的就跳进了印度河。扎剌勒丁·莎勒坛和罕篯力克也跳进印度河逃命而去。

铁木真目睹了从悬崖上纵马跃下的二人，不仅阻止了前去追击的骑兵，还感慨地对儿子们说，长生天保佑，为父者应有这样的儿子！若能逃脱水和火的双旋涡，他将是无数伟绩和无穷风波的创造者，一个俊杰焉能不重视他？

征讨花剌子模的战争持续了七年，铁木真才班师回国。

稍事休整后，铁木真就宣布南征向西夏开战。

谁知道途经郊外围猎时，铁木真的战马受惊，铁木

第一章 来自西域的传奇

真坠地,浑身不适发起烧来。

于是,诸子、群臣聚会商议,说西夏百姓有筑好的城,有不能挪动的营地。他们不能背着筑好的城和不能挪动的营地逃走,我们还是养好可汗的身体后,再来与他们决战。

铁木真听罢说,若是回去,西夏人必说我们是胆怯不战而退,我们还是派使者前去,我就在这养着,等着他们回话。

使者前去问话,我军出征西域,你不但不从,还奚落了我一番,可知罪么?

西夏的国王已死,换作了他的儿子不儿罕,不儿罕急忙说,讥讽之语,不是我说的。阿沙敢不接着说道,讥讽的话是我说的,你们蒙古人以为善战便想要与我一战,那就到贺兰山来吧,要金银锦缎就到西凉来取,此外不必多说,快快走吧。

铁木真闻言勃然大怒起床,喝令大军速进。左右都来劝阻,铁木真说,他说这般大话,我怎么回去?就是死,魂灵儿也要去问他,何况我还没死呢,长生天会保佑我的。遂带病上马,直指贺兰山。大军到了山前,西夏兵已经驻扎在那了,带头的就是说大话的阿沙敢不。

铁木真的先头部队士气鼓舞如同吃饱母乳的马驹,环绕在母马周围欢跳不止、夹裹着滚滚烟尘向西夏杀奔而去。如饿鹰捕食般狂奔而来的是速别额台的递进部队,遮天蔽日般汹涌而来的是脱忽察儿的部队,千军万马,如怒潮一般,锐不可当。任阿沙敢不如何能言、如何大胆、

妈妈的味道

也阻挡不了四散而逃的士兵，阿沙敢不吓得逃入了阿刺筛山立寨。铁木真的大军破寨而进，生擒了阿沙敢不，占据了贺兰山，至此立国189年的西夏灭亡了。

铁木真灭了西夏之后，又率大军向金国进发。

第二章　从故乡到异乡

　　成长的过程中，我们总要不停地奔波，离开温暖的家，到陌生的环境当陌生的过客。故乡，在灵魂深处已经牢牢潜伏，夜深人静的时候就会和自己对话，换回对故土的思念。我在或者不在，故乡都在原处，不离不弃。

爸爸的背

　　"那，你把这个孩子送给我吧！我保证不让他受罪，还让他上大学，你想看还能看。"我紧紧地抓住爸爸的衣服，吃惊地睁开眼睛。

　　我又困了，眼皮使劲往一块儿合，我可不想再睡到地上了。地上湿气很重，一张蛇皮袋挡不住地面往上冒的寒气，我睡得正香，就被冻醒。

　　今天，无论如何我是不能睡在地上了。

妈妈的味道

我哇哇地哭，姐姐背着我晃啊、摇啊、跑啊，都不能止住我的哭声。我才不上她的当，她经常把我晃睡着，然后把我放下。

三岁的哥哥不知道我的企图，抓着我的小脚跟着姐姐跑，累得大眼睛蓄满泪水。我对他喊，别跑了！别跑了！他听不懂，只听得懂我哇哇的哭声。

"欧巴、欧巴……"姐姐开始大声呼唤爸爸，远远的地方传来爸爸的回应。姐姐背着我穿过一棵一棵的棉花，我紧闭嘴巴，生怕姐姐跌倒，终于到了爸爸面前。

爸爸从瘦小的姐姐身上解下我，取下手套，擦去我的眼泪，又抹去我的鼻涕，逗了我几句。我困得眼睛睁不开，尽量把嘴巴往大咧，这样爸爸就认为我对他笑了。爸爸把我绑在他的背上，继续拾棉花。为了我在他背上能睡得安稳，他只用一只手摘棉花，并始终保持一种姿势。

"地面太凉，已经是深秋了，孩子不能睡地上了，别冻感冒了。"旁边传来一位阿姨的说话声。正合我意，阿姨真懂我。我闭着眼睛听着他们的谈话。

"你家的闺女看来不小了，怎么没去上学啊？"

"我们彝族人不兴上学。我们这十一个人只有一个上过小学。就是他带我们出来打工的。"

"不上学，你们怎么娶媳妇？"看来阿姨很吃惊，我也吓一跳。

"我们买一个，我媳妇就是我三千元买来的。"噢，原来我妈是我爸买来的，我听了怪不好意思呢。

"现在三千元可买不来了，没上学的都要八万或者

第二章　从故乡到异乡

十万了。上小学到初中的都要二十万。高中要得更多。"

"那么多钱，到哪弄啊？"阿姨很发愁，我听了也愁啊，要不是眼皮不听话，我就爬起来看看。

"出门挣啊。我们就三亩地，只够吃的，没余钱买媳妇。孩子长到十几岁就要出门打工，自己赚钱买媳妇了。"我听爸爸这样说后，惊得打了个哆嗦。我可不想和他们一样，出门步行翻过大山，坐半天的长途客车，然后再坐两天两夜的火车。来时，他们买的全是站票，妈妈的腿都站肿了，只能坐在过道里，碍人家事。我可不想，不想过这样的日子啊。

"你家三个孩子长得好，可不能不给上学啊。你看你们拖家带口地出来，也挣不到多少钱，出的还都是苦力，孩子多受罪啊。这大冷的天，在外头吃不上一口热饭。这小家伙还好，每次都抱个大馒头自己啃，不让大人喂，才七个月大的娃啊。"那当然，妈妈拾棉花在这里是最多的，有了吃的我自己行，我就喜欢听阿姨夸我。

"我们明年出来，就把孩子放在家里。大的给送去上学，虽然上学路远，要两个小时，孩子得吃苦，要不他们大了和我一样，我可不想让他们过我这样的日子。"爸爸这话说到我心里去了，每一个见到我姐姐的人都说，看多可怜，这么大了不给上学，睁眼就背着孩子，手里还牵一个。为了缓解姐姐的可怜劲，我对每一个关心我们的人都报以微笑，让他们看到我的笑脸。

"你可以给孩子买辆自行车，这样就快了。"阿姨建议道。

妈妈的味道

"我们那都是山路，翻山，没有平路。"

"那想办法搬出来啊，搬到离学校近的地方。"

"我们在那住习惯了，到别的地方不习惯，我们都住山里，一年四季都是绿的，天比你们这蓝，云比你们这还白，不像你们这一会冷，一会热的。我们就是没钱。"爸爸低着头，继续拾着棉花。

"你们不爱吃菜，光喜欢吃榨菜，我跟着你们吃了两天榨菜，一到下午就走不动路。"

"我们也吃菜，就是菜里得放腊肉，不放腊肉咽不下去。我们十一月就要杀猪做成腊肉，留过年吃。一家有时要杀四头猪过年。腊肉要熏两个月才香，我们吃肉是大块拿着吃的，香得很。明年你喂一头猪，给猪喂草。等冬天了做腊肉，我给你做。"爸爸真仗义，我也想大块吃腊肉呢，虽然我还没长牙。

"你真好，明年你来的时候把你们的腊肉带些给我，我给你钱。"阿姨很开心。我也跟着高兴，阿姨还好这口。

"明年我来给你背些，我们的腊肉是送给亲人的，不能要钱。"

"那，你把这个孩子送给我吧！我保证不让他受罪，还让他上大学，你想看还能看。"我紧紧地抓住爸爸的衣服，吃惊地睁开眼睛。

爸爸淡淡地说："你可以自己生啊！"

"我给你们营养费，要多少都可以。"

"我们彝族人不兴卖孩子的，过得再苦孩子也得留在身边。"爸爸真明事理，幸亏我们族不兴卖孩子，这个族训好，要不然哼……

我甜甜地睡在爸爸的背上，太阳照在我身上，很暖和。

周围响起大人的娶亲长调，爸爸也跟着和起来，我仿佛置身在大凉山，我们在自己的庄稼地里劳作，放声歌唱。

二十二年

我是B型的，笑眯眯是A型的，孩子怎么会是O型的呢？这孩子头发黄黄的还卷着，蓝眼睛、白皮肤、大鼻子，整个就一维族人的样子嘛。

嫣不是故意赶在大儿子二十一岁生日这天和丈夫走向法庭的，法院的人不知道怎么回事把日子定到了这一天。

嫣早上把九岁的小儿子送到学校，给远在外地上学的大儿子发了条短信祝他生日快乐，说每年的这个日子都不能陪他度过，心里很内疚。一会儿儿子发来短信说妈这一天是您的苦难日，我该感谢您，把我送到这个世界上。

嫣的心情愉快起来。正在这时，她接到丈夫的电话让她坐车一起到法院去，她冷冷地说我有腿。

的确，嫣有一条修长的腿，一张秀气的脸，还有一头修长的秀发。虽然已经是四十六岁的人了，但她不显

妈妈的味道

老,仍像二十七八的,有成熟女人特有的气质与风度。她对自己的外在很满意也很自信。

嫣在六年前认识一个男人,他是丈夫的朋友,因为经常到家里来,就熟悉起来。丈夫从开春到入冬都在外头包工程,家里有重活,那朋友就替她干掉了。时日久了,他们看对方的眼神就不自然起来,就如所有的婚外情一样的情节。

男人一怒起诉:离婚!嫣虽然有万般的不舍,也没脸挽留。她明知这事情会有不好的结局,但没想到来得这么快,男人是那么决绝,不给她解释的机会。话又说回来,还有什么好解释的呢,当初就该想到这个结局。

嫣的离婚要求是三层门面房归她,小儿子归她。大儿子老房子,车子归他。法院判男人每月给儿子五百元抚养费。嫣不干,要求八百元,因为现在每月儿子的补课费就要六百元。但是男人不同意,一口咬定依法院判的为准。嫣几次力争男人都不松口。

嫣按捺不住怒气冲出法院,看到墙上靠的铁锹,拿起就往车上铲去。她愤怒地想儿子总归是他的种,他每年赚几十万,她都没跟他分钱,他竟然这样对她母子。

后经法院调解,男人付八百元抚养费,婚就这样离了。

男 人

傻大个女人,看不出来,像个门板一样,竟还会勾引男人。那天其实是我故意回家捉奸的,我悄无声息地

第二章　从故乡到异乡

上楼，轻手轻脚地开门，然后抓了个现行，看着门板吃惊的表情，我内心一阵狂喜。我那汉奸朋友屁滚尿流给我下跪，语焉不详地嘀咕，我没理视他，拿件柜子里的衣服，走出了家门。

出门我还想感谢我那哥们，竟然瞒着他的老婆孩子和我老婆勾搭，我正没有理由和她离婚呢，这时机刚刚好。我新认识了一个女孩子，略微丰满、个子不高不矮，每个地方都长得恰到好处，整天笑眯眯的，不像门板天天板着长脸让人心烦。最近笑眯眯怀孕逼我离婚，虽然我有两个孩子了，可也希望再有一个孩子，不管是男孩是女孩，我想看看和笑眯眯生的孩子与门板生的有什么不同。科学家也说了，男女年龄悬殊生的孩子聪明，就像我这样的年龄最好。可惜笑眯眯有点小。

那婆娘问我要八百元抚养费，我故意拒绝，其实是怕她分割存款，我的账户上有七位数，那傻娘们不知道。我把大头那三间门面给她，自己只要了老房子、车子、大儿子。大儿子在外地上学过年才能见一面。离婚后我立马带笑眯眯到乌鲁木齐买套别墅过我们幸福的生活。

今天是儿子二十一岁的生日，早上给他发了短信祝他生日快乐，还对他说每年的这个时候都不能陪他过生日心中很内疚。儿子很快发来短信说，感谢老爸，是您和老妈把我带到这个世界，您要在这天对我妈好点，因为这一天是老妈的受苦日。

妈的，法院不知怎么搞的，开庭定到了这天，心中有点酸楚。

一年之后，女人

嫣最近莫名其妙地老想着前夫，自从离婚后，他就消失了，听别人说搬到乌鲁木齐去了，还有人说他找了丫头，生了个儿子，嫣的心中很苦。

他们离婚后，那个男的老婆有了警觉，再不允许他私自到她家里来。有一天她想他了，打电话给他，那人的老婆一通臭骂并扬言再敢往他手机上打电话就让她要多难看就有多难看，要多丢人就有多丢人。

嫣心惧了，她也不想再拆散别人的家庭。他家有一儿一女，过得也不殷实。离婚后还三天两头找她借钱，她开店，门面出租，挣的钱大半给他借了去，还光借不还。嫣也认识到他们的这种关系是危险的、没有未来的。她把他加入黑名单不再联系。

儿子打来电话说今天是他的生日，希望和嫣一起过，嫣特意到美容院做了护理化了妆，她希望儿子看到神采奕奕的妈妈。

一年之后，男人

和门板离婚后，我带着笑眯眯搬到乌鲁木齐买了套别墅，过起了二人世界。我有的是钱，这辈子不用干活，也够我们生活的了。

笑眯眯生产的那天，我守在产房外，生怕护士把孩子换了。之前听说护士经常换孩子。真幸运那天就她一

第二章 从故乡到异乡

人生产,孩子抱出来我立马给他照了相,防止有人偷换。

可是等出院回家,我拿着那叠收费单据看到孩子的血型和我的竟然不一样,我是 B 型的,笑眯眯是 A 型的,孩子怎么会是 O 型的呢?这孩子头发黄黄的,还卷着,蓝眼睛、白皮肤、大鼻子,整个就一维族人的样子嘛。

我审讯了笑眯眯,才知道她和我交往的时候还跟了别人,她跟别人怀孕没有办法才找上了我。知道真相后我就把她娘俩赶了出去。卖了房子待在乌鲁木齐没脸回去。

儿子打来电话说今天是他的生日,他专门请假回来希望和我一起度过二十二岁的生日。儿子转眼都二十二了,我也老了。我到理发店精心地弄了一下,希望精神点出现在孩子面前。

儿子的生日在饭店举行,我进去的时候,门板和小儿子已经坐在那儿了,门板化了妆,比以前年轻了,还神采奕奕。小儿子见到我就爬到腿上不愿意下来,他长高了,坐在我腿上,我都不好意思抚摸他的头。

儿子把我和门板安排到一起,和小儿子给我磕了头,说了许多许多让我内疚和流泪的话,最后我忍不住抱着门板哭了起来,老婆原谅我,我不该跟你离婚……

门板用她的长胳膊环绕着我的脖子,把我崭新的衬衣弄得挺湿。

妈妈的味道

一个人的村庄

他拄着棍，挪到床前，把棍倚在床边，脱了鞋子，上了床。他将头伸到床下喊了声："伙计，那是1980年发生的事啊！"

远处的村落传来鞭炮噼啪的炸声，他抱拄着拐棍挪到脸盆大的窗前，哈了几口热气，用结满老茧的大手擦掉灰尘。远处，时隐时现的烟火像盛开的明珠，呼一声点亮天空，又迅速暗灭下去，夜空在这样的明灭中辉煌起来。他回头望望室内，昏暗的灯光下，一张板凳上放着半瓶三台酒，他喝了四天了。酒瓶旁边放着一拃一指宽的白纸，用来卷莫合烟的，烟丝现在不让公开卖了，地下买卖价格就贵了点，贵就贵吧，谁让自己好这口。成品烟的价格也涨了，没有五元钱买不到像样的烟，还是莫合烟吸起来有劲。他瞥了眼墙角的纸箱，那儿还有几包，够他打发完剩下的日子。板凳上还有他吃过饺子的空碗，还有两碗没动，那是他为去世的双亲准备的。

脸盆大的窗外烟花还在盛开，他拄着棍，单腿独立，如果当初有500块钱，他现在就可以有一大家子人了吧，他该当爷爷了吧，他该在温暖的房子，坐在餐桌的首位，挨个给孙子孙女发压岁钱了吧。他还要给他们包上红包，嘱咐他们晚上一定要压在枕头下，他小的时候，双亲就是这样交代他的。

第二章　从故乡到异乡

他听到远处传来吱吱吱吱的老鼠声，他知道那是钻天鼠发出的声音，带着亮光，带着尖厉的声音划破寒冷的夜空。如果当初有500块钱，他今晚也会买来钻天鼠，一家人仰望着天空，听着老鼠欢快的叫声。他回头看到一只老鼠从板凳下拖走了他放的饺子，钻入床底不见了。他想把那只老鼠拿上窗台和他一起欣赏远处的烟火，他用嘴学了几声鼠叫，老鼠从床底探出头，又闪了回去。

他又向脸盆大的窗户哈了几口气，用一只手擦去玻璃上的寒气。今年的雪下得厚，白茫茫的包裹了枯草和翻耕过的土地，看了让人眼晕。老板每年春节前都会给他送些过年的东西，今年雪太大，进不来。他想过到正月十五，积雪就要化了。老板就能进来了，那时路上都是积水，还有碱包土、囊车，他心又凉了。还是要等到四月，雪化路干，他才能见到人，听到人声。当初如果有500块钱，他就不用一个人从十月呆到来年的四月，守着一口井，拿着老板给的3千元看井费。其实，他还有十亩地，一直租给别人种。还有政府给的低保，一个季度1000多。这些钱，他留够自己开支，剩下的都给了同村的尕娃上学了。尕娃是个可怜的孩子，父母呆傻，没有经济能力供儿子上学，从初中他就开始资助尕娃念书，今年听说处了个对象，要结婚了。他60岁了，身体都不如以前，感觉真的熬不下去了。

远处的噼啪声响了很久，他想那家人买了几万响的鞭炮，那家人的日子一定殷实，一定有个高大健硕的妻子。如果当初有500块钱，他也能放上几万响的鞭炮，

妈妈的味道

秀还依然是他的妻子。秀长得美，又高又壮。秀是他在甘肃认识的。他们相爱了，是的，真挚的爱情。秀不嫌他腿瘸，抱一根棍。秀家要彩礼，他拿不出，秀就跟他回了安徽老家。那时他的户口已经迁到了新疆，新疆有他的妹妹一家。他带秀回到老家投奔双亲，双亲高兴地合不拢嘴。他们像疼自己一样疼秀，端吃端喝，啥也不让秀干。秀对他就像双亲对秀一样，端吃端喝端尿。上床时，还把他抱上床，给他脱衣服，秀真是好女人。

那家几万响的鞭炮炸完了，又换成了烟花，他看着璀璨的花朵想：当初要是有500块钱就好了。他要当爹了。秀的哥哥从甘肃找来了，看到大肚子的秀，人家啥话也没说，只说要上500块钱，权当他的路费。双亲把家里的粮食、猪、羊卖了，东借西挪也凑不够500块钱。拿不出500块钱，秀的哥哥就不走，还要带秀走。他家沾点边的亲戚站出来，说把秀给他，他掏500元。秀肚子里的孩子生下来给他。他哭，秀也哭。后来秀就跟了那人。秀的哥哥拿了500块钱，销声匿迹，信守承诺，再没出现。那沾点边的亲戚把秀肚子里的孩子做掉了，他啥也没有了。

脸盆大的窗外没了烟火的照耀，噼啪的鞭炮声也稀疏起来，他拄着棍，挪到床前，把棍倚在床边，脱了鞋子，上了床。他将头伸到床下喊了声："伙计，那是1980年发生的事啊！"

他隐约听到男女的歌声，以为耳朵出了问题，仔细聆听，果然是真切的歌声鼓动着耳膜。他爬起来，复又回到窗前。

第二章 从故乡到异乡

透过那扇脸盆大的窗户，一朵盛开的烟花照亮了雪地里跋涉的两个人。近些了，他终于能模糊地认出来，竟是尕娃和一个女孩……

在城市的屋檐下

李秀底气不足地向老板求助，老板，这开关在哪？老板抬起头说，你连开关在哪都不知道，还想挣钱！起来，起来，快走吧！

李秀从火车上下来，随着大军往外走。没想到火车站出口也是电梯，这让生活在黄土高坡的她满是羡慕和惊奇。到了街上，道路两边都是绽放的花儿，李秀觉得深圳的空气里都含着花香。李秀慢慢地随着人流走，一位像火烧过的黑人穿着挺括的西装，仰着他小巧的头颅，旁若无人地迎面走来。李秀捂住自己的嘴，生怕那个"啊"字脱口而出。

天黑了，李秀找了好几家旅社，住一晚都是五十元，她觉得真贵，没有法子，她只好交钱入住。第二天她没有吃早饭就忙着找工作。她在老家开过十几年缝纫店，到这儿想找个服装加工店，赚点钱。她寻觅了很久也没找到缝纫店的影子。饭店倒是一个接一个，好像这儿的人除了吃，就不需要别的。李秀实在是饿极了，进了一家饭店，手拿菜单坐在装修考究的餐厅，上面罗列的菜名搅得她眼花缭乱，点了份咖喱饭，在电视上看过，香

妈妈的味道

港人爱吃。一个细胳膊、瘦小的女孩给她端来托盘，呼啦啦摆了好几种碗盏，李秀尝了尝蒙在米饭上的糊土豆块，心酸了又酸，这不就是她在老家吃的焖土豆嘛。

李秀吃好饭，又去找工作。和她一起吃饭的大姐指点她，罗湖商场有卖窗帘的，那儿招人。好不容易问到一家招人的。老板娘笑眯眯地说，你把这个窗帘做出来，我看看你的手艺再说。李秀把包放在缝纫机旁，坐了下来，一看缝纫机，李秀就傻眼了，缝纫机是电动的，在老家哪见过。她使用的一直是老式脚踩的缝纫机。李秀踩了几下踏板，不见动，她东摸摸、西按按也没找到开关。李秀底气不足地向老板求助，老板，这开关在哪？老板抬起头说，你连开关在哪都不知道，还想挣钱！起来，起来，快走吧！

李秀拎包出门，听到老板对另一个女人说，就她这样的还出来行骗！她们哈哈地笑着，李秀就红了眼睛，低头使劲走。

深圳的天一会儿就黑了。路灯贼亮贼亮的，各种招牌也闪着魅惑的色彩，每栋大楼上都镶着霓虹灯，来来回回闪烁着。李秀茫然地走着，各种车辆呼啸着从她身边驶过。经过一天桥时，一条大白狗冲她吠了起来，李秀惊恐地大喊大叫，一个男人呼了声，那狗悻悻地回到男人身边。李秀呆呆地站立，不敢动，她看到天桥下有被褥，有不少人或躺或卧，那只吠她的大狗正在那儿，虎视眈眈亮着眼睛看她。

到哪去？一个女人的声音传来。李秀犹豫着不知如何回答。

第二章　从故乡到异乡

刚来的吧，这个女人又问。

是的，昨天到的。李秀听到女人的声音有了勇气。

找到活没有？那个声音关切地问道。

还没有，今天去找了，被人家撵出来了。李秀回答这话时，声音竟哽噎了。

一个女人从天桥的阴影下走出来，拉住李秀的胳膊说，还没地儿住吧，今晚在我们这将就一晚吧，这儿天暖和，晚上不冷，出门在外不容易，特别是我们单身女人。

经过长谈，李秀才弄清，天桥下住着二十人，来自不同的省份，男女都有。那条大狗专门看护他们的行李。白天他们出去上班，晚上就到这儿休息。工资是留够一月的花销，剩下的都邮回了老家。

拉李秀的女人听了她的讲述，知道她干过缝纫，说，太好了，刚好我们一个老乡回家，她的工作没人做，你接上。离这儿不远，芳村，给人加工衣服的小作坊多得很，好好干，能吃苦，一个月三四千不成问题，以后我俩搭个伴，出门也不害怕。李秀握着那女人的手直摇，让我怎么感谢你呢，怎么感谢你好呢？大白狗汪汪地冲她喊了几声，大伙都笑了起来。

夜深了，李秀还没睡着，她听着紧挨她而眠的女人发出均匀的呼吸声，想着等自己挣钱回家的孩子，以及刚刚病愈的丈夫对她的千叮万嘱，明早，就给他们打个电话，报个平安，说自己找到工作了

夜，更深了，快速闪过的车灯，映出她脸上浅浅的笑容。

妈妈的味道

月是故乡明

　　我哆嗦着打开瓶盖，喝了一口，一股家乡的味道充盈心田，眼泪如决堤的洪水，自由泛滥。大厨递来一张纸巾，我在泪眼蒙眬中深深地向他鞠了一躬。

　　2009年，我离开镇江只身来到澳大利亚的维多利亚州读书。小时候看书，我就喜欢那儿的袋鼠和考拉。学校门前的马路上经常可以看到袋鼠妈妈装着小袋鼠穿越公路。校园里甚至有小考拉静静地待在树上抱着脑袋睡觉。本地的人已经习惯它们，见怪不怪，我可是什么都好奇，拍照，上传照片，和它们合影，忙得不亦乐乎。

　　有那么一天，我看到袋鼠妈妈停留在眼前，不稀奇了。它探头望向我，我也高兴不起来了。我知道自己有了乡愁。我开始想念江南朦胧的小雨，在雨中行走的画舫，门前高悬的灯笼，过年吃的那顿团圆饭，以及夜空中燃放的孔明灯。

　　母亲的叮咛让我泪流满面，父亲说出门在外一定要照顾好自己，毕竟那不是咱的国家，想呵护你够不到，只能自己照顾好自己了。父亲还对我说，多拍些那儿的照片，你妈和我一辈子都别想到你那儿去，你就替我们圆圆心愿吧，其实，我和你妈也喜欢袋鼠和考拉呢。

　　越洋寄来的家乡特产我不舍得吃，每次都是思乡醒

第二章　从故乡到异乡

来时，回味着在家吃过的饭，自己想象着做一次，每吃一次，乡愁就浓一次。

第一年的春节我没回家。为了减轻父母的负担（他们在家乡开餐馆维持我在国外的费用），我也找了家餐馆打工。其实我也有私心，就是想学点维多利亚的饭菜，回去后做给父母吃，让他们也享受一下。有一次，我在餐馆的后厨（我是刷盘子的），竟然看到一瓶"镇江陈醋"，我喜出望外，我对大厨说，这是我家乡的特产，卖给我吧！大厨在我的比画中，终于明白 Chinese made in Zhenjiang。他爽快地把那瓶陈醋放在我手里。我哆嗦着打开瓶盖，喝了一口，一股家乡的味道充盈心田，眼泪如决堤的洪水，自由泛滥。大厨递来一张纸巾，我在泪眼蒙眬中深深地向他鞠了一躬。

等我毕了业，那家餐馆老板高薪聘用了我，理由是我做得一手镇江特色菜肴，远离祖国的游子都好这一口，不嫌距离远，前来饱口福，听着我说地道的家乡话。周日的时候，老板还会为我们举行一个小型聚会，茶水免费，还提供一些葡萄酒。我们欢聚的时候，老板携带妻儿，静静地坐在角落，品着葡萄酒，听我们说汉语，唱祖国的歌曲，我们歌唱时，老板会轻轻地合着节拍，陶醉地晃着头。分手时，我们会互相拥抱、依依不舍，约定下次的聚会。老板总会让他的女儿送给我的老乡们一份礼物，并一再感谢我们让他的家人度过一晚美妙时光。

2012年，我在维多利亚机场迎来父母，他们飞过

妈妈的味道

来看我了,我拥抱着他们语无伦次,看着神采奕奕的父母,我想,我终于减轻了他们的负担,让他们好过了一点。

父亲在餐馆里为所有的员工做了一顿镇江的名吃、特色菜。老板还把他的朋友邀请来,吃着地道的中国菜,他们都对父亲竖起了大拇指。父亲对我说,我们办了访客签证,十二个月的,家里的生意已经停了,老房子开发了,他们除了给钱,还给了一套门面。到这儿,我们就可以好好享受享受、旅游一番了。

听着父亲的话,以为做梦呢,还没听说过,不用自己掏钱就可以住上新房子。我对父母说,等咱家的房子建成时,我和你们一块回去看看咱的新家。你们看,这儿的月亮,哪有咱家的亮啊!

父母听了,哈哈地笑起来,谁不知道月是故乡明啊!我们就想请你回去,不知道如何开口呢。

老板闻言,在我耳边说,麦妞妞,我和你们合伙开餐馆如何?开在你的家乡镇江,我出资,你们出门面。我对父母翻译了老板的意思。父母很高兴,马上同意了。

老板说,他最大的心愿就是在中国开一家餐馆,让远游的孩子找到家的感觉。

我接着说,我会按您对我们中国人的方式对待贵国旅人,让他们在镇江也能感受到家的感觉。

老板说,看,今晚的月亮多圆啊!

我说,还是我们镇江的月亮亮啊!

大家哈哈地笑起来,笑声中,我仿佛置身在画舫中,聆听着家乡的摇橹声。

第二章 从故乡到异乡

你是一片海

　　生命的历程中，我们以为爱、亲情是延绵不涸的海，等海干涸时我们又前仆后继地汇成那片海，在时光的隧道中互相温暖。

　　我记事起看到外婆背就是驼的，等到老的时候，就如对虾一般，头伸到腰的位置，双手没地方放，只能背在后头。

　　小时候家里穷，没有吃的，我和弟弟每到饭点时，就准时出现在外婆家锅台前，看着锅里翻滚的食物是我童年所有的记忆。大舅小的时候，母亲背他玩时在桥上摔伤了，下肢变形，只能抱棍行走，外婆从来没有在我们面前提起。他们也没有嫌弃大舅不能劳动，无怨无悔地服侍他。小舅上中学，每次看到我们吃饭都生气，嫌我们吃了他的饭，他吃不饱。有一次说急了，外婆还拿勺子敲了他的头，警告他以后不要多嘴，小舅边哭边吸溜着碗里的面条。

　　吃完饭，我和弟弟嘴一抹就走，他们都说我俩是喂不熟的狗。拐过小桥，我就会坐在桥头，拆外婆给我扎的羊角辫，拆不掉，弟弟就会来帮忙。我的头发又多又黄，里面爬满了虱子住满了虮子。外婆总是在等家人到齐中间的空当，抓住我，给我洗头。篦子上缠上麻绳，

妈妈的味道

蓖我头上的虱子，她的脚边总是放一盆水，虱子、虮子一会就飘一层。我哭得差不多时，头上就利索多了，外婆永远有用不完的各色头绳，在我头上不厌其烦地展示，每次都缠得紧紧的，我的头皮都跟着绷起来，眼睛感觉都变形了。让外婆扎松点，她老是说，松了到半路就掉了，回家没人给你扎。如果外婆听我的，哪怕松一点点，我都不会取掉的。

9岁的时候，我出麻疹，才好三天就下水玩，发烧，烧得下肢瘫痪。到宿县医治，治成大小便不通，医生说回家想吃啥就做啥，这孩子活不成了。回家的那天，小舅就拉着驾车在车站等我了，车里放着棉被，上面铺着塑料纸，因为天上下着密密的雨。他们直接把我接回了家，他们不想放弃我，想让我好好活着。

外公已经在东屋挖了地坑，坐上一口大锅，放上大笼子，锅里煮着树叶子，那种树可以医治很多病，平时谁有个腿疼扭伤总会到那树上折几支树枝连带着树叶回家用。水蒸气上来时，外公就把我的腿放上面蒸。试图把我腿里的寒气蒸出来，一开始我是没有知觉的，有一天我疼得哇哇大哭，全家人就开心了，我哭得越厉害，外公就说希望越大，因为我有知觉了。

树叶、树枝都给我用光了，小舅和大姐就到马沟的桥下捞见不到阳光的砂姜，捞回家煮热给我焐腿，这一切的方法用尽我也没能站起来。外婆看我的腿一直没好也没有把我送回家，而是留在家里继续照顾，天热的时候，外婆把我放在果园里，放在成熟的果树下，我渴了、

第二章 从故乡到异乡

饿了，伸手就可以摘到桃子、苹果、石榴。

后来父亲用奇门弄好了我的腿，我才回了家。上班时，家里依旧很穷，厂里让我们自己带大米，免费给我们蒸熟，为了省点钱给家里用，我就到外婆家去要，因为我家不能种稻。晚上，我到外婆家轻轻地敲门，外婆把准备好的半袋大米交给我，我就这样背着行走在路上，有时候忍不住地流泪。小舅又换了老婆，她不让外婆再继续接济我们，还说我们家是无底洞，帮不起来。外婆家的李子、石榴成熟了总要偷偷地送给我们吃，只有大枣下来时，外婆才能理直气壮地叫我们回去打枣吃。因为外婆家的房前屋后都是枣树。

外婆 83 岁那年还上树打枣子卖。年轻的小伙子买了她 20 元的枣子，给了 100 元，外婆找了那人 80 元，回家小舅说那是假币，外婆哭了，三天没吃饭。

离开家乡二十年我再也没见过外婆，有天梦到一老太太坐在桥头，手边放一龙头拐杖，看不到脸，她对我说，我活了 80 多了，该走了。

醒来很惆怅，问遍邻村的老人有去世的没，都没有。过了一个月，弟弟来电话说外婆走了，晚上吃了两碗剩面条，睡下再没有醒来，享年 84 岁。

我知道外婆来看过我，来和我告了别，生命的历程中，我们以为爱、亲情是延绵不涸的海，等海干涸时我们又前仆后继地汇成那片海，在时光的隧道中互相温暖。

妈妈的味道

外公的故事

外公从队里预支了点钱，赶马车到外地收购粮食，兜里揣着钱，竟然买不到一粒粮食，一夜之间，所有的粮食仿佛都从大地上消失了。

今天说的是外公的故事。

说外公的故事还要从外曾祖父说起。

外曾祖父小的时候父母双亡，跟他叔叔长大。外曾祖父的叔叔是小有名气的地主，娶了三房媳妇，没有生下孩子。外曾祖父在他叔叔的宠爱、娇惯下长大、娶妻生子。婚后外曾祖父日子过得很滋润。外曾祖父生下儿子后，他叔叔一下改变了态度，每天天不亮就把外曾祖父赶进地里干活，中午不给回家，在地里和长工一起吃饭。回家唠叨两句，还要挨一顿打。外曾祖父生下女儿后，日子更难过了。他叔叔有一次竟然用打马的鞭子狠狠抽了他一顿，原因仅仅是晚上让他去挑水，他喊累，不去。一顿毒打之后，外曾祖父还是拿起扁担，把水缸里的水挑满了。

第二天，天麻麻亮，外曾祖父骑着家里的大黑马去干活，再也没有回来。

外曾祖父的儿子也就是我的外公，三岁半没有了父亲，在母亲的眼泪里慢慢泡大。

第二章 从故乡到异乡

外公有了孩子之后，土地给没收了，家里的财产也充了公。队里人念他孤儿寡母，没有收入来源，就安排他赶马车，到各个地方运送货物。

1959年3月4日的中午，外公又渴又饿，一路赶着马车，车上拉着胡萝卜，胡萝卜又干又皱，没有多少能吃的。路过一处村庄，村里凌乱地躺着一些人，都蔫头耷脑、奄奄一息。一位半靠着土块墙的老汉向外公伸出了一只枯瘦的手，目光里满是乞求。外公从马车里掏出两个干瘪的胡萝卜扔给了他。外公在这个古怪的村庄里赶着他的马车。好不容易看到一家烟筒冒烟，一路欣喜地赶马车过去。那家锅屋门前躺着几个面黄肌瘦、衣衫褴褛的孩子。他们斜眼看看外公，没有动弹的。外公进了屋，看到两个半大的男孩坐在锅盖上，见到外公，满脸恐慌，却无力下来。锅灶前围着三个干瘦的孩子往灶里添柴火，他们看到外公进来，举着柴火愣住了。外公说，锅盖上不能坐，烫坏了咋办。边说边把两个孩子从锅盖上抱了下来。那几个孩子开始往屋外爬，外公回头好奇地掀开锅盖，一个光着身子的男孩，双手上举、双腿上蹬，惨白的眼珠瞪着外公。外公惊恐地扔下锅盖，跃上马车，抖起缰绳，一天一夜不休息返回了家。

回到家之后，外公就病倒了。发烧，说胡话，说吃人了，人吃人了。反复念叨。家里人都以为外公被鬼附身，找来各路大仙给外公驱鬼，都没成功。倒是外曾祖父的一封来信，唤醒了痴呆中的外公。信很短，大意是：我病了，想回家，没钱，寄路费来。

妈妈的味道

外曾祖父离开家三十年了，杳无音信，这节骨眼上，来信了，一家人喜极而泣。外公一下精神了，从墙洞里掏出珍藏的毛票，数数，一共9元。他到邮局将钱寄到了河南新乡，等着外曾祖父的归来。

外曾祖父回来了，瘦骨嶙峋，走路都在打晃。一顿吃下去半盆绿豆面条。外公看着外曾祖父毫无血色的脸，不知道说啥好，让外婆把家里珍藏的苞谷糁、菜叶子归拢来，算算，全家八口人这点粮食熬不过这个冬季。外公从队里预支了点钱，赶马车到外地收购粮食，兜里揣着钱，竟然买不到一粒粮食，一夜之间，所有的粮食仿佛都从大地上消失了。

外婆带着孩子们到很远的荒滩挖草根，挖老鼠洞。近处的树皮都给饥饿的村民剥尽了，大小树木裸露着惨白的身子在流泪。外公也流泪了，家里怎么努力，都填不满外曾祖父那张嘴，抚不平外曾祖父那发绿的眼睛。外曾祖母全身浮肿，不吃不喝躺在床上。外婆全身浮肿，爬着去挖树根。外公全身浮肿爬不上队里的马车，一家人陷入了前所未有的恐慌。

外公对外曾祖父说，你离开我们三十年，你吃不上饭回来了，回来把我们过冬的口粮吃完了，你如果不走，我们全要饿死，现在拿着钱买不到吃的，家里能找吃的人都不行了，还有四个孩子张着嘴等食啊！

第二天早上，外曾祖母笔直地吊在门前歪脖子枣树上。

外公揉揉干瘪的眼睛，竟没有一滴泪渗出。

第二章　从故乡到异乡

把外曾祖母埋进地里。外公磕头时，看到一只大老鼠，外公连滚带爬地追着老鼠，一直追到老鼠的老巢。外公跪着徒手掏起了老鼠洞。他在老鼠洞里掏出了小半袋苞谷，还有几只小老鼠。回到家，外公亲自为家里人炖了半锅有内容的肉食。外曾祖父吃着那碗老鼠肉，眼泪在干瘪的眼眶里转了好几圈，又憋了回去。

外公不赶马车了，每天拿着铁锹，到处挖老鼠洞，逮到老鼠悄悄剥皮，偷偷做，害怕家里人恶心，不吃。后来，老鼠也难逮到了。外曾祖父的脸越来越瘦、越来越黄、越来越干瘪，后来竟然卧床不起，连稀粥都咽不下去了。那晚，外公握着外曾祖父的手说，爹，您还没说您这三十年是怎么过来的，您在外头又成家没，您还没给我们说道说道呢。

外曾祖父不说话，用那只干枯的手划过外公的脸庞，无力地垂下来，外公把那只手放在脸上，享受着最后的余热。

惊　蛰

想到这儿，春昂起了头。长期以来，别人都把她当小三骂，她走到哪儿都有人指指点点，说她破坏了别人的家庭。今天，法院就要帮她恢复正名，谁才是真正的小三。

妈妈的味道

今天开庭，春走在去法院的路上。

五年前，她认识了现任丈夫陈伟虎。陈伟虎比春大十二岁，长得黑瘦，大男人竟然有一副小蛮腰，还不禁盈盈一握，裤子都快提到下巴了，系着一根劣质皮带。陈伟虎的嘴巴特别大，笑一笑就咧到耳朵根，龇出一排和驴一样的黄牙齿。朋友们都看不上这个又老又丑的家伙，况且他还欠一屁股外债呢。

陈伟虎有妻有儿。妻子在正式单位上班，儿子上二年级。陈伟虎一直在和妻子闹离婚，原因很多：陈伟虎开了一千亩地，持续不断改良土地十年有余，因为资金短缺，一直入不敷出，靠借贷过日子。有一年他问老岳父借了一万元，过了两年老岳父没有通知就直接把他起诉到了法院。后陈伟虎给了一万五千元才罢休。陈伟虎常年吃住在自己娘家。妻儿住在她父母家，经济独立，对陈伟虎开地不闻不问。陈伟虎衣服脏了，拿到妻子那儿洗，洗衣粉都不给用，自己做饭自己吃。

春和陈伟虎相遇也是偶然。春是打工的，秋天随着棉花大军拾棉花。天没亮，她坐在一辆车的副驾驶，一路颠簸到了一块满是荒草的棉花地。同行的拾花工都抗议，不愿意在草丛里扒拉着找棉花，强烈要求司机把他们送回去。后来，陈伟虎咧着大嘴、龇着黄色的驴牙过来，小心翼翼地加价，一毛一毛往上加，加到拾花工的怒火消了，骂骂咧咧进地拾棉花为止。

就这样，他们相识了。

整个秋季，春都在找人给陈伟虎摘棉花。等到棉花

第二章　从故乡到异乡

换成了钞票，陈伟虎请春吃饭，一顿饭下来，他们对彼此都有了好感。回家之后，两人开始发短信，聊着聊着两人竟然有了共同话题，春的心里竟然有了爱情的感觉。离婚四年的春一直带着女儿在娘家住，她觉得这份感情来得着实不易，尤其是陈伟虎对她说，他还欠外债四十多万。春说，这点钱不算啥，好好干，有这么多土地，几年就还上了。

陈伟虎离婚了，儿子归女方。开春的时候，春把女儿留给母亲，搬到地里和陈伟虎一起种地，他们计划着等挣钱还完账，有了余钱买房子再举行婚礼。

他们同居三个月后，陈伟虎的前妻带着陈伟虎的老娘、弟媳妇、自己的老娘、嫂子，浩浩荡荡杀到春家，把春的老娘一顿羞辱、一顿打砸之后，又到地里把春的衣服鞋子烧了，把春胖揍了一顿。

春哭着说你要我还是前妻。陈伟虎说要春，他们就领了结婚证。

陈伟虎前妻听说他们领了结婚证，就带着儿子住进了陈伟虎的娘家，双方展开了拉锯战。

庄稼收完。陈伟虎说，咱们也没房子，地里也住不成，你回家去住，我想办法出去住。春就回了家。

过年的时候，听说陈伟虎带着前妻儿子到处给人拜年。春才醒悟，他们领过结婚证后，春才知道陈伟虎欠外债一百多万。雇人干活、农资全是春想办法借的，一个季节下来，春欠别人二十多万。

春提出还钱离婚。陈伟虎说我给你打欠条，没钱。

妈妈的味道

春不同意，说给钱才离。

这一拖就是四年。四年里土地的价格一翻再翻，承包费也是一涨再涨。陈伟虎有钱了，很快在市里买了大房子，和前妻住了进去。春打电话他也不接。

春找到陈伟虎的楼房砸门进去，把陈伟虎前妻的衣服撕烂，鞋子扔到了楼下。

陈伟虎报警，说把春赶出去。所长说，这房子她有权居住，谁也赶不走她。陈伟虎说，这房子不是我的名字。所长说房子是你装修的，是你住的，就是你的房子，产权就有你妻子的一半。听了所长的一番说教，春哇的一声哭了。这几年受的委屈一次性发泄了出来。所长安慰春说，你不是小三，他们是非法同居，你怕啥。

想到这儿，春昂起了头。长期以来，别人都把她当小三骂，她走到哪儿都有人指指点点，说她破坏了别人的家庭。今天，法院就要帮她恢复正名，看看到底谁才是真正的小三。

一声炸雷滚滚而来。

啊，今天惊蛰。

锁定情缘

为什么？就因为你是共产党？王刚附在欧阳文耳边问。

第二章 从故乡到异乡

你什么都知道？欧阳文大吃一惊。

李玫是首席设计师。设计锁具。

上周，从台湾来了位巨商——王贺。王贺带来一把精致的铜锁，说是公司里如有人能打开这把锁，就长期和公司合作，他将帮助公司把产品打入国际市场。

李玫是专事研究钥匙开发的权威，面对这把锁具一天了，也没能打开。晚上回到家，眉头还是深锁的。李玫的母亲欧阳文看着女儿这个样子，就问出了什么事。李玫从包里掏出那把精致的铜锁。欧阳文一看那把锁，表情凝滞了，她一把抓住锁，声音都颤抖了，她急切地问："这锁，你打哪儿弄来的？"

"妈，您认识这把锁？"

欧阳文泪光闪闪："它，让我牵挂了这么多年啊！"

事情还得回到 1948 年。欧阳文当时在浦江县军统当秘书。她的上司王刚是浦江县负责人。王刚做事小心谨慎，所有文件他都亲自取，看完后小心地锁进一个铜铸的柜子里。那个柜子上钉着一把精致的铜锁。那时，欧阳文为了能打开这把锁，跟很多锁匠学习了开锁技术，但始终也没能打开这把锁。就在国民党撤出大陆的前夜，那把锁竟然开了，欧阳文拿到一份绝密文件，回到寓所，她用隐蔽的发报机把那份文件一字不漏地发了出去，然后国民党就节节败退。直到王刚带着欧阳文上船时，欧阳文才停下脚步说，我还是待在这儿，你去吧。

王刚紧紧拽着欧阳文的手，快走，再磨蹭就来不

妈妈的味道

及了。

欧阳文坚定地说，我留下，我不能跟你走。

为什么？就因为你是共产党？王刚附在欧阳文耳边问。

你什么都知道？欧阳文大吃一惊。

是啊，我跟踪过你，但那都是过去的事了，我们上船吧，一切都会过去的，随着太阳的升起，都会过去。王刚在拥挤的人流中紧紧拥着欧阳文。走吧，上船。

不，你上船吧，我不会跟你去的。欧阳文挣脱拥抱，跟跄着往回走，身后是王刚绝望的呼唤。

欧阳文讲述完，擦掉眼泪，从脖子上取下项链，打开鸡心项坠，里面有一把小巧的钥匙。"啪"的一声，锁打开了："这是我们分别的时候，他挂在我脖子上的。"

一周后，王刚和欧阳文在浦江县相见了。

分别了五十多年，两位老人紧握双手，纵有千言万语，也不知从何说起。"你怎么想到用一把锁来寻我？"欧阳文打破沉寂。

"我知道，你的事业一定和锁有关，自从你当了我的秘书，就一刻不停地研究开锁技术，到处拜师学艺，可惜，哈哈……"王刚豪爽地笑起来。

欧阳文附和着笑了起来，却挣不脱那双紧握的双手。"没想到，今生我们还会相见，真如梦境一般。"

李玫和王贺站在旁边不好意思地扭过脸。王贺说："我们沿江走走吧，把时间让给他们。"

王贺讲了他们在台湾的生活。父母生了他和弟弟，

第二章　从故乡到异乡

母亲和弟弟在新西兰生活。父亲在王贺小的时候就喜欢拿着那把铜锁反复把玩，小小年纪的他耳濡目染对锁也有了浓厚的兴趣，走过半个地球学的都是关于锁文化、锁艺术的知识。

李玫自豪地说："我妈在我小的时候，也是天天侍弄一把把锁。她喜欢买回来各式各样的锁，买的时候不要钥匙，回来后，自己开，每打开一把锁，她就会开心好长时间。我也是从小耳濡目染爱上了这行。"

"你爸呢？"王贺插嘴道。

"他啊，一听说妈的老战友来了，就避让了，说让妈轻装上阵，减少顾虑。这次，他们相遇真是缘分呐，还希望你看在二老的分上与我们长期合作，共同打造梅花锁文化。"

"那当然，我说过，这把锁能打开，我们就通力合作。不过，如果生活上也能合作，那就更好了。李玫，说心里话，见到你第一眼，就觉得我们很久很久就相识一般。李玫，我们都快进入不惑之年了，我也奔波够了，你的港湾，能让我停靠吗？"王贺深情款款地注视着李玫。

李玫红了脸，如含苞的花朵霎时盛开了。

情缘桥上，新添了两把锁：一把精致的黄铜锁环扣着一把红色梅花图案的绿锁。王贺和李玫相拥着，向江水中抛下了两把钥匙，水面上泛起了波澜，一圈一圈漾开去。

第三章　陈年旧事

　　生命的旅程中，繁华过后，剩下的都是亲人间那一点一滴地过去。回首已经晚了，他们如尘土，安静地在大地的怀抱中安睡，以后我们也会和他们一样，并排睡在温暖的大地上，那才是我们最后的归宿。

父　亲

　　父亲每次试探地用目光和我对接，我都快速地别过头，目中无人地越过他的头顶。

　　1994年，挂着双拐的父亲带着花两千元买来的女人到了新疆。

　　父亲会做衣服，便开了间裁缝铺。女人经常给父亲打下手，摆摆摊、卖卖布、缝缝裤边、钉钉纽扣，一天到晚不闲着。三年后，女人突然走了。父亲四处打听了

第三章 陈年旧事

一下,杳无音信,只好作罢。新疆地域辽阔,找一个人无异于大海捞针。

奶奶听说后,从山东老家赶来,希望能给父亲再找一房媳妇。

父亲在奎屯征了婚,来了几个女人都不如意。那些女人每次来,都要父亲报车费。这样折腾了好几年,也没有一个女人愿意跟他实实在在过日子。

一位老乡给父亲介绍了一位老丫头,那人一条腿瘸了,两双手就三根手指。奶奶看在她没有生养的分上,就同意了。

这个老丫头就是我娘。娘生下我,奶奶嫌我是女孩,生气不给娘饭吃,父亲就偷偷给娘买吃的。

我3岁的时候,在雪地里独舞,父亲看到我有跳舞的天分,把我送到舞蹈培训班。4岁的时候,我代表乌苏地区到北京参赛,获得了幼儿组舞蹈第三名。父亲高兴地带我回了山东老家,家乡人对父亲都竖起了大拇指。我跟在父亲的后边,像条骄傲的小尾巴。

我经常参加市级比赛,为父母挣足了面子,获奖证书贴满了半面墙。可父母忙碌的眼光无暇在那面墙上停留。

后来,我突然变了。

市里举行舞蹈大赛,特别邀请获一等奖的父母上去领奖。那天我获得了这个奖项。父母在主持人一声声催促中,离开座位,父亲拄着双拐,一步一颠往台阶上挪。母亲跟在父亲的后头,想帮衬着父亲一下,哪知道自己

妈妈的味道

走路不稳当，两人齐齐摔了下去。台下爆发了一阵压抑不住的笑声，主持人赶快到台下扶起父亲，把他们请上了台。他们站在我身边，我忽然有了悲哀的感觉，我怎么会成为他们的孩子呢，有人偷偷竖起三根手指，我明白他们是笑话母亲的。

打这儿以后，任何竞赛我都拒绝参加。

父亲花了很多钱买来的钢琴我也不愿意碰。每周一次的钢琴课我也不再去，舞蹈班也见不到我的影儿。父亲每次试探地用目光和我对接，我都快速地别过头，目中无人地越过他的头顶。

父亲小心翼翼问，丫丫，我做错啥事了，你怎么不对劲，你以前可不是这样的。

你不该花那么多钱给我买钢琴，每次弹钢琴，邻居都嫌是噪音，你不知道吗？

我和你娘喜欢听啊，我们这么辛苦地赚钱，不就想把你供出来，以后过好一点，不遭罪。父亲的目光终于和我对接上了，我垂下头，恶狠狠地说，我不让你们管，你们管好自己，以后走路别摔跤，别让人笑话就行。说完我甩门跑了出去。

晚上回家。娘偷偷劝我，让我给父亲一个说法。我白了娘一眼，气哼哼地说，谁让你们生我的？还不如让我死了好，我跟着你们丢尽了脸，哪有脸活着！

娘哭着进了屋。

娘的哭声到了半夜，期间只听到父亲一声接一声的叹息。

第三章 陈年旧事

天快亮时,父母破天荒地没起床。我偷偷溜进他们的卧室,希望找点钱打发一天的日子。母亲脸朝里睡着,父亲仰面躺着,胸膛上贴着一件小巧精致的舞衣,上面缀满亮晶晶的小圆片。那件舞衣是父亲亲手做的,小圆片是母亲用仅有的三根手指一片一片缝上去的。

此刻,小小的舞衣静静地贴在父亲最温暖的地方,小圆片在早晨的阳光下,闪着五彩的光,就如北京那次比赛的舞台;我从舞台上下来,别的孩子都是家长抱着下来的,只有我连蹦带跳地扑进父亲的怀抱,险些将他扑倒。父亲当时,就是这样紧紧地把我放在他最温暖的地方,亲了我一口。那时,父亲是我的世界。

我轻轻地把父亲的双拐拾起,竖在床头,悄悄掩上房门,眼泪不听使唤地流了出来。

我擦去眼角的泪,走进厨房。我要给父母做顿早餐,我要接着学钢琴、学舞蹈。

我要用我完美的双腿,完成父母一生都无法实现的梦:舞蹈、舞蹈。

第二夜

卖酥的小伙子狐疑地看我了一眼又一眼,我想反正我也没钱了,看就看吧,无所谓了。那小伙子用纸包好酥饼,小声说,姑娘,别烫着。听完他的话语,我的眼泪没来由地流了下来。

妈妈的味道

孩子们昨晚我们讲到哪儿了？奶奶眯着细长的眼睛问围坐在她身边的孙们辈。

奶奶，讲到您从医院偷跑出来，抱着两根木拐。大孙女接过问话回答。

对对，昨晚我们说到奶奶从医院跑出来，没跟家人说。今夜我们接着讲啊。

好哇，好哇。孙子们兴奋地拍着小手。

奶奶的腿给车压过之后就傻眼了，一个年纪轻轻的大姑娘，从小学习舞蹈，一下失去一条腿，另一条腿还断着，这搁在谁身上都不好受。奶奶那时急了，不知道以后的生活怎么过。奶奶有一个心愿未了，嗯，（红晕爬上了满是岁月刻痕的脸庞）奶奶那时处了一个对象，他家是周庄的，对就是今儿我们居住的昆山周庄。奶奶出车祸后没给他知道，奶奶啊就想偷偷地到他家乡看看，听他讲，那儿到处是水，古老的建筑环水而居，出门划小船还有很多小桥，尤其是那座双桥，一个有名的画家还画过，虽然我看的是画报出版的，也让奶奶着迷。奶奶处的对象，我一听他是周庄的，就想起那幅水墨画，就想起双桥。我们就这样相爱了。

奶奶包了辆车到周庄来了，我下了车，又坐了船到他家门口，他家真的如他所说，房子底下就是水。我坐在那看啊、看啊，没有等到他家人出来。只好忍着疼，抱着双拐漫无目的地走，后来想去那幅水墨画的双桥看看，就向一位当地人打听到了。我就那样走着，敲得青石板嗒嗒得响。街上的饭菜香飘到了我跟前，弄得我饥

第三章 陈年旧事

肠辘辘，不停地咽口水。

小孙子马上跑了出去，转眼拿来两张酥饼递到奶奶手里。奶奶端详着酥饼上沾的黑芝麻继续说，我身上的钱哪，只够买一张酥饼的，没办法，我就闻着各种饭菜的香味，边看门头上挂的各式招牌，什么特色"鲜河活蟹""无肉不欢"啊，我只能看看，不敢进去。走到一家门口，看到一个古色古香的招牌上书几个大字：祖传"家贞袜底酥"。我就乐了，没想到我仅有的钱还能吃到祖传的袜底酥。买袜底酥是要排队的，没有现在排的队长。我排着队，抱着那双拐，头上都是汗啊，那是疼的。轮到我，我递过去钱，说给一张酥饼。卖酥的小伙子狐疑地看我一眼又一眼，我想反正我也没钱了，看就看吧，无所谓了。那小伙子用纸包好酥饼，小声说，姑娘，别烫着。听完他的话语，我的眼泪没来由地流了下来。

我敲着青石板，就上了双桥，双桥真如水墨画一般，和画里的一样，不同的是，桥上坐着我。我坐在桥上，打开纸包，里面有两张酥饼，一张葱花的，一张肉馅的，我的口水啊、馋虫啊一股脑跑了出来。我给了一张酥的钱，人家给了两张，我想，怎么还人家的情哪，任口水流淌不能下口。我已经没有力气走回去还人家酥饼了。

姑娘，喝口水再吃吧！一盏印着双桥图案的茶杯递过来，里面飘着茉莉花茶的清香。我吃惊地抬头，看到卖酥饼的小伙子拎着茶壶立在我面前。

那小伙子是谁啊，这么好。

就是那老头，你们现在的爷爷啊。

妈妈的味道

那您喝了他的水就成了我奶奶了？

可不是么，我本想在双桥上吃完饼就回家的，可他偏偏多给了一张，还送来了茶，吃过饼、喝过茶，奶奶倒不想回了。你们的爷爷邀请我到他家住一晚，我就同意了，因为我还想吃那酥饼，没过瘾。下阶梯的时候，你们的爷爷就背我，我一个大姑娘家怎能让他背呢，可他不愿意，不容我说话，把我往背上一放，一手拿着我的双拐，茶壶都放桥上了，把我背回了他家。

你们的爷爷晚上闲着，都要背着我在周庄的大街小巷转悠，或者划着小船，从这座桥洞穿过那座桥洞。等我那对象闻讯赶来接我时，我都不愿意走了，你们的爷爷心好，又善解人意，不嫌弃我。我当着我对象的面问你们的爷爷，愿意娶我不？你们的爷爷当时脸就红了，说他看到我在人群中排队抱着双拐时就想一生照顾我、看到我满脸泪水时就想一生呵护我，那样我们就结婚了。

那您的对象呢，他咋办？

他啊，就是白天和我们逛双桥的杨爷爷啊，我把堂妹介绍给了他，先前他一百个不愿意，见面之后看我们俩长得差不多，再加上他俩也有共同语言，慢慢就谈出感情来了。

我们结婚时，他对你们的爷爷提了一个条件，就是每个月都要有一天允许他背着我在周庄看风景。

那爷爷同意了？

同意了，我堂妹也同意了。

后来你们爷爷把我喂胖了就给我做了假肢，有时间

第三章 陈年旧事

我们两家就一起逛逛。在这水乡生活,奶奶是多幸福啊!

妈,睡吧,别跟孩子们瞎扯了。爷爷笑着插嘴。

奶奶,明晚我们还继续讲啊,讲讲杨爷爷的故事,还有我们祖传袜底酥的故事。

好哇,好哇,今晚就讲到这,孩子们晚安。

在婚姻里想念爱情

李莉躲到了城市的楼群,过起了隐居生活。夜深人静的时候,她总会想起她抱着男人哭泣的场景,男人在她怀里是那么真实,真实得好像从未离开。

李莉真是个幸福的女人,每天捧着茶杯,打扮得光鲜照人,兜里装着钱,逛完服装店再进美容院。茶喝完回家装热水,男人都要说,赶快出去玩啊,中午记得回来吃饭。

李莉啥也不用干,裤头、胸罩、袜子都是男人洗。以前男人可不是这样的。以前她在家伺候男人。男人在电厂上班,男人下班回来饭菜必须端上桌,要是迟了,那饭桌就要挨掀,李莉就要挨打。有次她掂起菜刀反抗,追着男人跑了小区几圈,男人吓得不见了影子,她回家锁紧房门,抱着菜刀哆嗦到天亮。

男人下岗后,李莉为了生计,到乌鲁木齐学了两年的理发手艺,回来开店,生意异常火爆。男人给她当下

妈妈的味道

手、当学徒，最后竟青出于蓝而胜于蓝，完全撑起了门面。李莉也对冷烫精过敏了，同时得了肩周炎。男人说，下半辈子你就好好享福吧，除了吃饭你自己吃，啥活我也不让你干。男人说着，手里的剪刀还咔嚓、咔嚓在顾客的脑袋上运动。李莉就在男人身边像虫子一样腻着，男人说去玩啊，乖，别耽误我干活，不挣钱你怎么花啊。顾客就羡慕地说，看你多享福啊，这儿的女人哪个有你这样的待遇。

李莉在别人家待着也要不停地走来走去，走得主人眼晕，看电视的模式是快进乘以二。如果看到韩剧里的男主角出场，会暂停，兴奋地大喊，快看啊，我以后就要找这样的男人谈恋爱，这样的男人好看，我天天给他当奴隶都愿意，让我干啥我就干啥，带出去多长面子啊。人家说，你都四十好几了，看清楚自己的岁数。李莉不在乎地说，等女儿大学毕业我就去韩国整容，顺便看看韩国那些帅哥，勾搭一个我就不回来了。

李莉享了560天的福就换成了哭泣的面孔。男人在她享福倒计时的那晚12点整和酒友喝完酒在火车道上散步，走到天桥上，从渗水口掉下去，再没上来。李莉抱着满身是血的男人舍不得放下，她哭泣道：我还没享够福，你就这样撇下我走了，让我以后如何生活啊……

李莉对冷烫精不过敏了，肩周炎也不疼了，每天在店里迎来送往接待前来理发的人。

在男人离去300天后，她和一个叫王军的男人领了结婚证。王军和韩国明星一点不沾边。个子不高，牙齿

第三章　陈年旧事

发黄。李莉见到他就浑身发软，往他身上靠，仿佛得了软骨病。说话嘴巴都张不开了，娇气得像3岁的小女孩。王军是从甘肃来新疆打工的。认识李莉之后，他抛弃了原有的家庭，和李莉过起了日子。

王军用李莉的钱买了辆挖掘机，嫌赚钱少，又包了几个工程干。资金都是李莉垫付，李莉一天不停地跑东跑西，天天电话不离手，屁股不离出租车，为王军送油、送一日三餐，民工的饭也是从饭店预订送去的。

大雪封路的时候，李莉又回到了理发店，开始不停地给人理发，店门一开就有人来要账，还有一帮子民工住到了店里头。虽然她说，等我们的钱拿到手就给你还。来要账的各路大仙依然连绵不断。

快过年的时候，李莉给人告了。说是挖掘机压死了人，还少人60万高利贷。楼房给法院拍卖了也不够偿还人家的，王军还给人拘留了。李莉没想到认识王军不到一年，她就赔光了她和男人创下的家业，自己和女儿无家可归。

李莉躲到了城市的楼群，过起了隐居生活。夜深人静的时候，她总会想起她抱着男人哭泣的场景，男人在她怀里是那么真实，真实得好像从未离开。

那时，好像才是真的很爱很爱。

三怕先生

爷爷是十里八乡的笑柄，大人小孩都知道他一天三怕，明明很懒，还要挎着个粪箕子满世界拾粪，他的粪箕子里一泡粪都没装过，他就喜欢四邻八乡地转悠。

那个"三怕先生"就是我的爷爷。爷爷戴一顶用各色碎布缝的布帽，有的碎布经时间地蹂躏脱离了载体，随爷爷头颅的摆动乱飘。

爷爷总是里三层、外三层把所有的衣服穿在身上。他的衣服以军便服和中山装为主。扣子很多，他七八件衣服的扣子从来没有扣对过，都是上下错，前胸看起来一团糟，他也从来不去纠正它们。腿上一条老棉裤，在腰的位置挽了一个结，嘟嘟囔囔。一双分不清颜色的老布鞋经年套在他厚实的大脚板上。不离爷爷手的还有个粪箕子，粪箕子边上搭着粪铲子。他每天最喜欢干的事就是挎着它们乱串，四季不闲。

爷爷有六个儿子、两个女儿。爷爷每天有三怕：早上怕露水、中午怕太阳、晚上怕青蛙。地里的庄稼活就落在了奶奶身上。奶奶对爷爷挺好，家里的白面、鸡蛋只给爷爷一人吃，爷爷也从不推却，别人都面黄肌瘦，爷爷却吃得红光满面，精神饱满。

我父亲是爷爷的大儿子，几岁上就跟奶奶下地干活，

第三章 陈年旧事

没有上过一天学。二叔大了也和父亲一样劳动。1958年的时候国家号召支援边疆，父亲就带着母亲落户到新疆维吾尔族自治区的乌苏地界，开垦戈壁、伐木烧林。白天农垦，晚上也不闲着，劳动出我的四个哥哥，一个姐姐。父亲和母亲的理想就是孩子要个个受教育，不能和他们一代人一样，睁眼瞎。哪怕自己拼死、累死。父亲在我出世不久就如愿了，那一年割麦子，父亲累死在地里，没有和亲人告个别。以后熟人谈论起父亲都说，你父亲能干啊，那么强壮的身体，硬给累死了，听得我泪光闪闪。

父亲不声不响地走后，母亲带着大小不一的我们，返回了江苏老家。爷爷没有收纳我们，上下牙咬着把母亲骂个狗血喷头。二叔收留了我们，同时拿走了父亲一生的积蓄一千二百元钱，给我们盖了房子。因为孩子多，积蓄都给了二叔，身无分文的母亲不得已把两个小哥哥分给了二叔、三叔。

爷爷从来不去我们家，可是那天爷爷挎着他的粪箕子、拎着粪铲子、戴着破帽子、穿着他的十八层军便服上下牙咬着，恶狠狠地指着母亲大骂，他骂母亲不疼孩子，孩子发烧了也不带去看，万一有个闪失可怎么办，后面还点缀着江苏新沂的骂人土话。母亲只对他说了一句：爸，你有钱没，借给我给孩子瞧病。爷爷一转身就沉默地走了。

爷爷因为长期挨家挨户地骂他的儿子、儿媳、孙子、孙女，几颗门牙早早掉了。但是他身体好，从来不生病，大家说，如果他不狠狠地骂人，门牙也不会掉。爷爷是

妈妈的味道

十里八乡的笑柄，大人小孩都知道他一天三怕，明明很懒，还要挎着个粪箕子满世界拾粪，他的粪箕子里一泡粪都没装过，他就喜欢四邻八乡地转悠。

2000年的春天，爷爷挎着他的粪箕子、拎着粪铲子走在回家的路上，后面来了辆汽车，其实爷爷有四怕，别人不知道，他还怕带轱辘的。他目视到后面驶来的大汽车，心里害怕就站在路沿，想等着汽车过去再走。那汽车对着爷爷开了过来，爷爷一看不好，吓得跳进了沟里，那汽车也跟着爷爷进了沟，就这样爷爷给汽车砸死了。

清理爷爷遗物时，人们发现在他的粪箕子里，有狗屎、猪屎、牛粪，还有驴屎蛋，这是破天荒的一次，因为在这之前他的粪箕子里一泡粪便也没装过。

家

妈妈说，这是我们的家，我们等爸爸回来一起住进来好不好。妈妈流泪，我也流泪，空旷的家里，除了灰色的水泥墙，啥也没有。

我经常从梦中哭醒，醒来后总是不见他。

他，是我爸爸。

爸爸和妈妈相遇在网上。那时，妈妈上高中，爸爸在建筑工地打工。爸爸到工地打工为了救爷爷，爷爷得

第三章　陈年旧事

了胃癌，需要很多的钱治疗，爸爸放弃了上大学，专心赚钱，努力着让爷爷多活一天。

后来，妈妈考学到了爸爸所在的城市，专业学的是高护。他们住在了一起。妈妈还没毕业，就怀上了我。爷爷也熬完了最后的日子。面对一贫如洗的家，妈妈带着爸爸回了千里之外的娘家。

大着肚子回来的妈妈，让外婆一家恼怒万分。吃过午饭，外婆就搜出很多的衣服，让爸爸在外边用搓衣板搓洗。外婆家住在路边，来来往往的路人都能看到羞红了脸的爸爸在搓洗着外婆的外套。大家别以为外婆七老八十，她才45岁。

妈妈生下我，一家人都很高兴。可苦了爸爸了，外婆让他学带孩子，说爸爸不是那么好当的，除了喂奶是妈妈的事，其他都由爸爸来完成。

为了缓解爸爸的压力，我总是没日没夜地酣睡，尽量做到少吃、少拉、少尿、多睡不哭。即使这样，每天三顿饭时，爸爸把饭做好，摆上桌，外婆总是命令爸爸，还不快给晓东换尿片去。爸爸说，刚换过，他睡着了。外婆冷着脸说，那你也去检查一下，啥时候说你也不听。

爸爸抱着熟睡的我，解开刚换过的尿片，看看又包好，然后抱着我坐在沙发上。他们吃过饭，爸爸才可以放下我，吃他们吃剩的饭菜，接着刷锅洗碗。

夏季来临，很多人抓蝎子挣钱，一公斤蝎子可以卖到750元。爸爸半夜在戈壁滩上游走，一手拿着镊子，一手打着手电筒，搜寻着发出蓝光的蝎子。找到后，用

妈妈的味道

镊子夹住，放进腰边挂着的塑料壶，再盖上盖子，防止蝎子逃跑。附近的蝎子抓完后，大家都到了柳沟水库，那儿有几千亩的戈壁滩。爸爸孤单一人，别人都是七八个人一伙，他们还欺生。爸爸只好到没人去的坟场抓蝎子。别人问，你半夜到坟场抓蝎子不害怕？爸爸说怕啊，为了钱，怕也没有办法。

三年了，爸爸终于挣到按揭首付的钱。他带着妈妈和我，挑选了五楼，最顶层，便宜，123平方米，十七万元。爸爸对我们说，我再苦一年，挣钱装修，就可以住进来了。爸爸偷偷告诉我，让我别给妈讲，搬进自己家，就自由了，他渴望自由。

9月的一天，我睁开眼睛，再也找不到爸爸了。我哭着、喊着，爸爸都不再现身。

妈妈经常抱着我到爸爸买的房子里，待上半天。妈妈说，这是我们的家，我们等爸爸回来一起住进来好不好。妈妈流泪，我也流泪，空旷的家里，除了灰色的水泥墙，啥也没有。

我不知道9月的那天发生了什么事，让爸爸离开了我们。有的人说爸爸坐牢了，有的人说爸爸忍受不住外婆的欺负跑了。妈妈说，奶奶病了，爸爸去照顾奶奶了。

一年过去了，两年过去了，爸爸还没回来。妈妈找工作赚钱还剩下的房款。我和妈妈依然在等，等爸爸回来把水泥墙抹亮，我们住进去，为了那一天，我们忍着不哭。

第三章 陈年旧事

杨百万

你不知道他是谁？我摇头。他就是乌苏历史上有名的杨绅士的孙子杨百万。他爷爷新中国成立前是乌苏的首富，抗战时就捐三架飞机，绵羊都几千头捐的。

这个杨百万长得像老回回，说一口流利的老新疆话。刀条脸上点缀着两道蚕豆眉，眼睛贼亮，像是给电打过一样，透着精光。

他来帮厨的，专门做剔骨牛肉抓饭。喜宴上本来用不着抓饭，他说做一大锅抓饭让吃席的人过过瘾多好。杨百万焖了一大锅米饭，只是放了很多胡萝卜和皮芽子，锅盖上围了一圈白布，防止漏气。听说他在乌苏开过好几年饭店，现在专职下来养牛，赚了不少钱。

眼看米饭的香味飘了出来，有人忍不住说，你做的啥抓饭，丁点肉都不给？他傲慢地瞟了那人一眼，懂啥，这次让你们吃顿不一样的抓饭，谁跟我来抬骨头？几个大小伙嘻嘻哈哈跟他抬了三大盆牛骨头出来，然后一人一把刀，开始剔骨。切了满满一盆牛肉。我一看大势不好，上前说，你不能这样浪费，不能肉比米饭多吧？他傲慢地瞥我一眼，宰牛就是吃的，不给客人吃好能行？妈蛋，我气愤极了，找个食品袋开始装肉多的骨头，牛脖子给我装上了。他不给我装，说每个吃席的都像你私自拿肉，

妈妈的味道

哪行！

围观的人说，人家自己的肉，你管那么多？他更不愿意了，自己家人更不行，就这肉都不够！事实证明是不够，因为抓饭做熟之后，他把切碎的牛肉往里一拌，只见牛肉不见米饭。端上桌之后给人打包走了，桌上打包还不够，锅里的还给人哄抢了。

春天的晚上他请我们吃羊头肉。他儿子兵哥，回来探亲，一看和他就是一个版本的。他还得意地让我猜是谁，我说还用猜嘛，和你长一样，就连皮肤都一样黑。他得意地笑了，"长得攒劲吧？"不过，他家的40头牛娃子确实不错，这些牛娃子刚从伊犁运回来，皮包骨，整齐地站在石槽前吃草。有两头吃饱了没事干的小牛还像模像样地抵架。这个院落以前破败，死了两任房主，慌了很多年，他来了之后，牛、羊、鸡、兔、狗养了一院子，还用大石板垒了菜园，院子一下又活了过来。

吃着这顿饭，我竟然想到十几年前，在这家屋里吃到的相同的羊杂，我以为今生再也没有机会体会这样的美味了。这屋的前任主人年纪轻轻地白血病走了，他家以前做羊杂总会打电话让我们来吃。而今，换了主人竟然也有相同的手艺、相同的胃口和相同的心情，请的还是我和老公，难道他是他派来的接班人？他替他过完接下的日子？当时，想流泪的，为了掩饰那种伤感，我拼命地吃羊杂，竟然平生第一次吃了肥的，比瘦的还香。曾经，前任的屋主就劝我尝尝肥肉，我一直拒绝着，一次也没有给他证明的机会。

第三章　陈年旧事

私下，我问老公，他老婆咋长那么丑？老公说，他老婆不丑，那是她没牙显的。她女儿医学院的，挺厉害的，杨百万很喜欢他女儿，爱给人说，我丫头怎么怎么了，其实是他老婆带来的，儿子是他的。他以前很穷的，穷得连老婆都找不到，一家人住在荒野里，两间快塌的土块屋里，前不着村后不着店。政府搬迁把他家的地征收了，赔了一百万，他买了两套楼房。在家闲不住，到这来锻炼身体的。他胰脏坏死了，是糖尿病患者。一养牛，身体竟然好了。和正常人没两样，比我还有劲，也不忌口。

末了，老公说，你不知道他是谁？我摇头。他就是乌苏历史上有名的杨绅士的孙子，杨百万。他爷爷新中国成立前是乌苏的首富，抗战时就捐三架飞机，绵羊都几千头捐的，乌苏周边的土地差不多都是他家的。他家的地呢？新中国成立后，充公了！他爷爷，气疯之后死了！

我忽然觉得冥冥之中，好像有什么必然，失去的总会用另一种方式归还。

妈妈的味道

她小而黑的手在宽大的鏊子上游走，她瘦小的身子贴着庞大的灶口，那里有燃烧的煤，还有希望。

妈妈的味道

爸爸去世后,老师和同学们都担心许世豪的学习成绩会下降,因为给爸爸治病,家里的积蓄没有了,饭店也转让了给别人,他一下成了老师和同学捐助的对象,饭票是老师给的,学习用品是同学给的,就连穿的衣服也是老师们捐助的。少年的许世豪没有辜负老师、同学的期望,他的成绩依然是名列前茅。初三考完试,乌鲁木齐市三所名校来招收他,免学费、住宿费。

许世豪选择了八一高中,在那里开始了三年的高中生活。妈妈说到那么多资助他们的好心人时,忍不住停下烙煎饼的手,用袖子擦了一会眼泪:"为了孩子一月一千多元的生活费,我和他奶奶拼了。我烙煎饼,婆婆拿到街上出售,风里、雨里、雪里婆婆没有落下一天,我也没有停手一天。为了在乌鲁木齐求学的儿子哪怕手腕累脱臼,哪怕在雪地里站成一棵挂满霜冻的树也毫无怨言。每次看到婆婆在雪地里冻得瑟瑟发抖,身上结满冰霜,我都把眼泪往肚里咽。为了我们,她那么大年龄了,还得烙煎饼、卖煎饼。像她这个年纪的老年人都在享福呢。"停顿一会儿妈妈接着说:"在乌鲁木齐还有一位好心的阿姨,每年给儿子两千元,放假的时候就接他去滑冰,去游乐园,还给他买衣服,儿子上大学的时候,还把钱打到了上海,这么多年,我连人家名字都不知道……儿子长这么大,我从来没有带他出去玩过,他跟着我们净受苦了,幸亏还有那么多好心人把我不能做的事情做了,我心里也没遗憾了……"

许世豪在奶奶和妈妈把一张张煎饼从鳌子上揭下来

第三章 陈年旧事

的日子里，发奋考入了上海中医药大学。

去上学他只要了三千元钱，学费是助学贷款，暑假里他去兼职，平时在学校帮老师做实验，赚自己的生活费。三年里，他只花了妈妈四千元钱。

许世豪曾对同学说，我妈接我电话，没有一次超过三分钟的。妈妈说："我每次只能说两分多钟，因为煎饼三分钟一张，我必须把它揭下来，要不就糊了。"

妈妈只有一部铁通电话，平时就接一下，谁需要预定煎饼就给人家留着。她说："自从他爸去世，我就没看过电视，没睡过一次到天亮的觉，更没有买过一件衣服，我的衣服从里到外都是别人送的，鞋子也是人家送的。你看我的手，都不敢给人看，上边全是裂口子，又黑又难看，这些裂口子多得用胶布缠住才行，这两年身体也不行了，停下来，胳膊疼得抬不起来。"她小而黑的手在宽大的鏊子上游走，她瘦小的身子贴着庞大的灶口，那里有燃烧的煤，还有希望。

许世豪给妈妈邮寄第一笔钱时，觉得自己真的长大了，是个男子汉了，虽然他才21岁，离开家的那一年就注定了他的成长。可是，接到妈妈从新疆快递过来的包裹，打开，他还是哭了，看着一张张泛着黄色光泽的煎饼，仿佛看到了奶奶和妈妈对他微笑，看到爸爸病逝后，妈妈因为无力支付房租不得不关掉饭店，跟着奶奶学习烙煎饼，烙煎饼本钱小，但它熬时间、熬体力、熬人……

可妈妈毫无选择，就如他毫无选择一样，他必须优

妈妈的味道

秀更优秀，才能对得起奶奶的白发，对得起妈妈因为学习烙煎饼一次次烫红肿的手，对得起因病去世的爸爸。他含泪吃了一口煎饼，竟然是记忆深处那浓浓的，无论走多远都忘不了的妈妈的味道，故乡的味道……

祭　灶

　　我想起小时候，家人挤在一间屋子里看春节晚会的场景，还有更小的时候，满村的小孩打着小红灯笼四处找鞭炮的事情，还想到哪个孩子的灯笼给火烧了，哭着回家，那他到正月十五也没灯笼打了。

　　我曾参与过几次祭灶仪式，不过那距今有三十多年了，想想还怪遥远，仿佛自己从来没有渡过那么长的年月。再想想，那些陪自己走过一程的人，很多已经走到头，到另一个世界过小年去了。

　　小时候，天亮了，出门了，总会看到三奶奶家的门前，撒了一圈一圈的草木灰，像个装粮食的褶子，有的很大很大，有的很小，有的越过了界，撒在了我家的地盘上，我就很珍惜那些越界的褶子，生怕别人踩了去，或者被风吹了去。我让母亲也撒些，这样来年就能丰收，收很多的粮食，不用吃那么多黑红芋饼了。红芋饼刚出锅时，甜甜筋筋的，冷却后，变得又硬又难吃，除非切成条在锅里掺菜炒才好吃。母亲说，你三奶奶迷信，咱

第三章　陈年旧事

不学她。但是，三奶奶每年都可以做出很多的食物给我们吃啊。我也曾偷偷聚过草木灰，想等到那一天，我也学三奶奶的样子，把我家的门口全褶起来，但临到那一天，我又总是忘记。三奶奶说了，要在别人都没起来撒，才有用，没有人踩过才灵。一年一年的错过，长大以后，对那个也就不感兴趣了。三奶奶还依然坚持她的老传统，一直到她失去生命。

小年，我们庄里过的是23，那天中午要做顿好吃的。鱼肉是要有的，晚上，噼里啪啦全是鞭炮的声音，那样年味就浓了。大人小孩都很开心，随着鞭炮的炸响，仿佛炸响了希望，那时的希望就是不饿肚子，可以吃白面馍。饭出锅时，母亲总会用勺子舀点饭，浇在灶老爷的画像前，嘴里还要捣鼓几句，说的什么不记得了。母亲虽然跟了主，还是拜灶老爷的。我不知道她每年从哪里买来这样白纸、红画的灶老爷贴在锅台前。每次烧火的时候，我都会仔细看灶老爷的红胡须、红脸、红衣服，也会在心里一遍遍临摹他笑眯眯的国字脸。我也长了这样一张脸，我想都是小时候看灶老爷多了，才临摹着他老人家的样子长了。我最怕别人说，你看看，一看就是有福的人，金盆大脸，不端金碗端银碗。我恨死那人了，俺向往的可是尖尖的瓜子脸啊。

前庄的余王顾过的就是24了，我不知道他们有什么传统，偏偏比我们晚一天。我想是因为他们距离街市又比我们远了一点的原因吧。或许是因为都在一天放鞭炮，可惜了吧。大人是不这样认为的，他们对此有一种

85

妈妈的味道

说法，具体是什么说法，我一直也没记住。都怪小时穷，没吃过核桃，很多的事情都忘却了。

现在条件似乎好了，可以天天吃上白面馍了，过年的时候我就不快乐了。我想起小时候，家人挤在一间屋子里看春节晚会的场景，还有更小的时候，满村的小孩打着小红灯笼四处找鞭炮的事情，还想到哪个孩子的灯笼给火烧了，哭着回家，那他到正月十五也没灯笼打了。那时，不管多穷，小孩子都有新衣服穿，还有两毛钱的压岁钱……啊啊，扯远了，我怎么把年三十也说没了。

结束话语吧，末了很好奇，祭灶似乎都是女人的事情，我们家里的男人们，小年的时候都在做什么，我一点记忆也没有。

偶　然

张三酒后骑摩托车，车速太快，爬坡时，碰到一块凸出的路石，车翻，张三头部向下一路滑行，耳朵被粗糙的路面摩擦掉了，不存在他杀，这就是唯一的事故现场。

张三在八月十五的早晨五点被过路人发现死了。他是在骑着摩托车穿过修了三年的烂尾铁路涵洞时摔死的——这是发现者最初的推断。

警察来的时候，翻过张三头朝下的身子，发现张三

第三章 陈年旧事

的一只耳朵不见了，半个脑袋血肉模糊。围观的人迅速推断：张三肯定和人打架了，人家和他有深仇大恨，愤怒至极时把张三的耳朵割掉了，让他长点记性。张三身强力壮，骑上摩托挣出魔掌，谁知过这个两头高，中间凹的涵洞，加上里面黑漆漆，失血过多，摔下来，死了。

警察在现场没有找到张三的耳朵，怀疑这不是案发现场，一定有另一个案发现场，张三至少遭到两人以上的围攻，被人强行割去了一只耳朵。

围观的群众人心惶惶，这大过节的，得有多大的仇，大半夜地割去一只耳朵，不敢报警，不敢到医院去，仓促逃命？难道是张三收购了幼儿园，把幼儿园拆了建住宅楼出售，遭到群众的打击报复？幼儿园是他收购的，害得孩子们没学上，这样的人真该死。只是他收购幼儿园一直低调，没敢声张，很多人还是不知道的。难道是他把奶粉厂折腾倒闭，强行盖了住宅楼出售，遭到奶粉厂上百职工的仇恨，打击报复来了？这样一说，这人还是有钱人啊，有钱人都会开小车，谁会骑摩托车。你们也不看看人家这是啥摩托，以为是那几千块的坐骑。听说，张三虽然有钱，善于拍马屁，他两个孩子还都不是他的。他那玩意儿失效了，逼着老婆找人借种，这不，两孩两个样，一看就很分明。那人说着瞟了眼躺在地上的张三，嘿嘿笑了起来，笑着就发现张三的另一只耳朵似乎动了动。那人紧闭了嘴巴。裹紧了衣服还觉得后背透出一丝丝寒意。

警察也没闲着，在等法医到来之前（局里的另一法

妈妈的味道

医到别的地方办案），他们根据张三死亡的时间回看了各个路段的监控。很快，张三现身在视频里：他骑着摩托车，身穿夹克衫，经过派出所，目不斜视，一闪而过；经过医院路口也没停留，直接进了铁路涵洞，那里面没有监控。难道涵洞里埋伏着人，把张三围攻了？

警察迅速对张三的亲朋好友展开了调查。发现张三平时为人处事还过得去，即使有些小吵小闹，也没明显的仇家。

死亡的那天他去给老岳父送节礼。老岳父家喂了很多羊，家里忙着收青储饲料，张三一直在那帮忙干活。想到天亮就是中秋节，活干完就急匆匆走了。老岳母拿着张三的头盔说，这孩子累坏了，连头盔都没来得及戴，我还追了十几米，摩托车声音大，他也没听见。老岳母擦擦干瘪的眼睛，哪个天杀的害了我那好女婿啊！

张三的死，一下陷入迷雾。

有人说，张三一定得罪了黑社会。或者参与了地下赌博，输了很多钱，借了人家高利贷。你没看十队的李四，输钱腿都给人打断了，连夜跑回内地，听说至今腿都没钱看，一直瘸着。别说李四了，就说他们庄的王五，手指头不是齐刷刷给人剁了，最后老婆把地和房子卖了，人家才饶了他。你们忘没，大前年，咱这首富，陈老大，给黑社会绑去，要一百万，他老婆报警，人家把头割了。有钱有啥用，买不来命，多能干的人啊，就这样没了。这黑社会，啧啧，不能惹，警察也该抓抓，管管了。以后晚上，千万不能独自出门，要三五成群结伴而行，少

第三章　陈年旧事

去打麻将，牌九也少玩，还是多陪陪老婆孩子实在。

大家七嘴八舌，越说越恐怖。正说着，法医来了。

法医仔细查看了张三的头部，又沿着沾满张三血迹的十几米陡坡取样，最后得出结论：张三酒后骑摩托车，车速太快，爬坡时，碰到一块凸出的路石，车翻，张三头部向下一路滑行，耳朵被粗糙的路面摩擦掉了，不存在他杀，这就是唯一的事故现场。

如果，张三不喝酒，戴上头盔，什么事也没有，顶多受个小伤，严重了就断个胳膊腿，不至于丧命。法医对张三之死做了最后说明。

张三的老婆，抱着牙牙学语的儿子，小家伙一直在试图挣脱妈妈的怀抱，挥舞着小手，甜甜地喊：爸爸抱，爸爸抱……

张三一动不动，也不知道听见儿子的呼唤没。

妈妈的味道

第四章　老故乡，老故事

从炮楼到老井，从老屋到老人，经历了怎样的变迁？这里有最远古的呼唤，有亲情无法更改的现实，有人们活过、来过的多版本传说……

故乡词典

土匪家的新楼紧挨我家老屋，盖得美观大方气派豪华，就连室外的厕所都铺了瓷砖，很是让人羡慕嫉妒。从我家老屋往他家楼上瞅，那不就是活生生的炮楼吗。

炮　楼

在我没有出世前，祖上是有家底的，祖上在陆园定居200年以后，来了一家土匪，也姓陆，土匪一直想霸占祖上的家业，一直没得逞。陆园临河而建，方圆几十里都是祖上的田地。家里还酿酒、织布，有专门的批发

第四章 老故乡，老故事

商来此收购。家大业大就遭土匪的惦记。自从土匪来了之后，祖上就修建了炮楼，在各个出口，有人持枪日夜巡视。土匪也有炮楼，他是害怕别人报复修建的。

夜半，土匪动手来抢劫，被巡逻的人看见，开了火，枪声响了一夜，土匪战败。这之后又断断续续地开过几次火，土匪都没能抢走一点财物。新中国成立后，祖上的产业全部被没收，房产炮楼也被拆除。土匪分到了土地，还和我家做了邻居。祖上因为定居时间久，原址没动，又陆续迁过来十几家住户，姓氏杂乱，陆园的庄名依然没变。换了几辈人了，我们和土匪家还是不和，他家有个老爷子一天不拿人家的东西就睡不着觉，就是出门到邻居家拿根柴火也行。

老 井

村子里有四眼水井，均匀地分布在村子里。最西边的那眼井水苦涩，没有人愿意喝，有时候还有死癞蛤蟆在水里漂着，只能用来浇菜，后来菜园面积增加，换成了压井，就慢慢没人取水，成了废井。

第二口井是我家门口的。井水甘甜，西边的住户都爱来此提水。夏天井口开着黄色的蒲公英，井南边两米处有一片开花赛过牡丹的芍药，还有一棵香椿树为芍药遮风挡雨。井里常年居住两条黑鱼，一大一小，不时浮出水面。这口井的井底有两个泉眼，水抽干了能看到水从地下汩汩地冒出来，两尾黑鱼就会重新动起来。这口井唯一的不足就是地势洼，一下雨，地面的积水就会流

妈妈的味道

入井里，井水就不能取用。

于是半个村子里的人就到我邻居、以前的土匪家提水。土匪家的井面铺着砖头，地势垫得高，积水流不进去。井边也栽着各种花草、树木。井的北面还有几棵一人抱不过来的古树，他家的井里住着七尾颜色各异的金鱼，无聊的时候小孩子就静静地趴在井口，看鱼儿在井里游动。

东面的那口井很少有人去，井口有很茂密的蒲草，下点雨还容易滑倒。

这都成了过去，如今这四眼老井都成了枯萎的黑洞，没有一口有水，那些鱼儿也不知道游到了哪里。

老　屋

家族里的人都有了出息，各自在城里有了自己的栖身地，家族里的老屋就破败地留守了。老屋的面积占了半个村子，又在中间，两边的邻居都盖了新楼。老屋就变得又矮又丑陋，在村里很是碍眼。别人出高价买老屋，家族的人都舍不得卖，那是族人的根，是族人唯一的念想。

土匪家的新楼紧挨我家老屋，盖得美观大方气派豪华，就连室外的厕所都铺了瓷砖，很是让人羡慕嫉妒。从我家老屋往他家楼上瞅，那不就是活生生的炮楼吗。

老　人

村里嫁来一个厉害的婆娘。自从嫁到这个村里就和土匪的婆娘接上了火，她看土匪的婆娘不顺眼，土匪的

第四章 老故乡，老故事

老婆看她不习惯，她们总会有各种各样的原因骂仗，骂不过，输的那方还要想办法打上一架，要不咽不下那口气。骂完收兵还要来句老死不相往来。

随着时间的流逝，家里的几分地已经养不活一家老小了。能动的，有点劳动能力的都拖家带口出去谋生，剩下老人无人照顾。等春节打工的返乡，惊奇地发现老死不相往来的两位老太住到了一起。还很和睦，原来她们的饮食作息和谈话方式都惊人的相似。她们从 80 岁住在一起，如今快要百岁了，儿女让她们各自回家。她们说，谁也离不开谁，住一起可以互相照应，谁也不嫌弃谁。冬日的暖阳包裹着她们，像绽放的雪莲发出淡淡的清香。

人类简史

凤凰示意它们冷静一下：我们能冷静下来吗，你躲在这清闲，他们在下面把我们很多同类吃绝了不说，还故意把我们的皮挂在身上显示身份高贵，全球给他们搞的都暖冬了。

凤凰是女娲造人时捏的一个小泥人，由于女娲太忙，没有给她吹口仙气，就一直沉睡在那。经过风吹日晒，竟有了人气，加入到人类行列。这么多人的诞生，让女娲娘娘好生担忧，他们饿得哇哇叫，这该如何是好？她看到树上有各种各样的果子，就给他们采集食用。后来，

妈妈的味道

人类就开始一窝蜂地爬树自己摘取食用。果子很快就吃完了。这可如何是好，她看到凤凰自己在那吃草，还津津有味，就示意人类可以学凤凰吃草。草到了冬天就没了，凤凰就挖地找草根吃。后来凤凰多了个心眼，她把好吃的根茎埋到山洞里，等草儿发芽再埋入地下，等果子、草都吃完时再挖出来。

女娲还看到凤凰把宽大的树叶用枝条串起来围在身上御寒，她指挥人类学凤凰的样子把树叶聚集起来披在身上。她又看到凤凰在火上烤植物的根茎，就让人类也学凤凰的样子。女娲看到凤凰这么能干就推举她做了首领，然后返回仙界了。

凤凰带着人类在地球上找寻可以饱腹的食物，可以御寒的植物。冬天到了，树叶不能御寒，很多人冻死了，这让凤凰很发愁，她害怕女娲怨她没有把人类带好。这天她看到很多动物来吃人类的尸体。那些动物身上有厚厚的毛发，不怕寒冷，她想如果把那皮毛披在人类身上不就不怕冻了吗。他们逮到了动物，把毛皮剥下来披在了自己身上。这样，冬天就没人冻死了。

有天凤凰拾到一只小猪，就吃了，味道很美，她想怎么才能天天吃到这样的小猪呢？她带领大家逮到些小猪，用树枝围了起来，派专门的人拔草喂食。渐渐地，凤凰有了各种的办法，她把各种各样的动物都饲养起来，搭配蔬果把人喂的胖胖的，人类的繁殖越来越不受控制。凤凰就学女娲的招，把人类疏散开来，自己寻找乐园生活去。

凤凰一个人生活在天山，饮天山上的雪水，食天山

第四章　老故乡，老故事

上的雪莲，不知不觉过了几万年。

这天，各种各样的鸟类飞来叽叽喳喳不知想说什么。凤凰让它们推举一个代表慢慢说：他们人类太过分了，以前吃点我们的同类，我们想忍忍算了，这一忍就把我们的同类大半给吃绝了。剩下飞得高的，远离他们生活了也不放过我们，用各种手段逮到我们，吃掉。有的人还把我们关在笼子里听我们的哭泣，我们的哭声还愉悦了他们的心情，陶冶了他们的情操。这还不是重点，重点是，他们不知施了什么魔法，天空常年雾蒙蒙，我们看不到方向，飞不出去。原始森林也砍伐殆尽，没有我们的栖息地。他们还断绝了我们的生路，种的全是没有虫子的作物，这可让我们怎么活啊，我们实在没地儿生存了，只能来找你，你想想办法管管他们啊，这地球也不是你们人类的，也得给我们划一地儿，容得下我们自由飞翔吧。要不，我们翅膀还长着干啥。

话还没说完，一群动物蜂拥而至，它们愤怒的吼叫把山谷震得颤抖。凤凰示意它们冷静一下：我们能冷静下来吗，你躲在这清闲，他们在下面把我们很多同类吃绝了不说，还故意把我们的皮挂在身上显示身份高贵，地球给他们搞得都暖冬了，你说，你们那时候缺衣少食，我们捐献点补给你们就罢了，现在他们什么都有了，为什么还不放过我们？更过分的是，他们不时地放些核弹，把我们炸得连皮毛都找不到。这不，他们又在叫喧，谁不听话，就放核武器了。我们身体再强健，也干不过他们啊。动物们流着热泪，怒吼声此起彼伏。

妈妈的味道

怒吼声引来各种鱼类，它们在陆地上摆动尾鳍，救命啊，凤凰，快救救我们吧，他们人类不知搞的什么鬼，把江河湖泊也污染了，就连地下水也不能饮用了，我们没法生存了，学动物们在陆地上生存，也活不了。那，他们喝什么？凤凰诧异地问道。他们吃的都是化学品，百毒不侵。鱼类扭动尾部，痛苦地在砾石跳舞。植物呢？凤凰才想起来植物。植物们战战兢兢地说，我们也来了，他们发明了各种除草剂，我们也没活头了。

你们不要怕，女娲出现了，我先把你们带入仙界，等他们互相灭绝，再还给你们一个乐园。动植物齐声喝彩。女娲一挥手，地球上就剩下高楼大厦和人类在那忙碌。

遗　嘱

只有被人杀的老仁，一直在公安局备案：提供线索者奖励一千元。

从老仁被杀，一千元奖励二十年没变。

老仁是从河南逃荒到新疆的。

他逃荒时还是小伙子，一转眼就五十好几了。

老仁的老婆心疼他，不管是袜子、裤头都给他浆洗，还做得一手好饭，吃得老仁油光满面。

老仁的老婆什么都好就是不能给老仁添得一男半女，她经常说对不起老仁。老仁说，那没啥，不生咱抱

第四章　老故乡，老故事

个回来呗，猫啊、狗啊有个就行了。

老仁对后代看得很淡，在那个饿死人最多的年代能活下来对世事就没渴望。他们抱回来一个女婴，两口子就当是自己亲生的侍弄起来。

有一年的冬天特别冷，零下四十多度，老仁早上遛弯，看到一个黧黑、衣着单薄的小伙子，蜷缩在卖羊肉的铁皮箱缝里，头发、眉毛上都冻成了冰。

老仁想到年轻的自己，把小伙子带回了家。小伙子二十岁，父母双亡，也是从河南一路乞讨来新疆的，老仁收留了他，小伙子喊他爹。

老仁就有了一双儿女。

老仁杀猪、卖猪肉。有点钱就在空的地方垒上土块，上上房泥、装上门窗，给各个地方来的人居住，有钱的给点租金，没钱的老仁也不讨要。

老仁的老婆早晨没有醒来，悄无声息地去了，怀里还搂着他们的女儿。老仁和两个孩子哭得死去活来。

儿子虽然二十多了，忠厚老实，但不会洗衣做饭，女儿尚小不能缝缝补补，老仁又当爹又当娘，拉扯着两个孩子，别人都劝老仁再娶一个，老仁说不行啊，娶一个，我死了和谁埋一起呢？我那老婆子寒心呐，不能，不能对不起她。

老仁没娶，却给儿子娶房媳妇回来。儿子的媳妇儿和儿子一样忠厚老实，老仁又过上了不用洗衣做饭的生活，专心地卖肉。

老仁眼看自己奔七十了，心中有想法啊，老婆子一

妈妈的味道

觉没了，自己保不定哪天就走了。他打算写份遗嘱，要是自己哪天醒不来，对两个孩子也有个交代。

他把自己的老友老梁叫来，把自己的想法说了。老仁说自己这么多年没啥钱，只有十几间土块房，儿子虽然二十多岁才上门，是个可怜孩，还跟自己姓了仁，对得起自己了。

女儿嘛，大了是要嫁人的，能找到一个好人家，土块房就给儿子多分点，儿子这辈子是没多大出息了，等有了孩，得有能力养活他们啊。

老梁说是啊，是啊，不管怎么说儿子都是传后人。他一来就随了你的姓，是你的后代。

于是一份简单的财产分配出来了。房产共有十七间，女儿分得五间，儿子十二间。写好后，老仁仔细地揣进贴身口袋和老梁继续喝酒。

第二天，人们发现老仁和老梁被人杀害在屋内，桌子上的酒杯还满着酒，花生米还有不多的几颗。床铺衣柜给人翻得乱七八糟，谁杀了他们成了迷。

转眼到了2009年，市场搞开发，建新楼，那些土块房子要打倒重建，地皮一下暴涨。

老仁的女儿找到老仁的儿子说房子分配的事。小仁拿出颜色晦暗的遗嘱说，爹写得很清楚，房子共有十七间，你五间，我十二间。

老仁的女儿说我看看。小仁递给她，她一把撕得粉碎说，你一个外来的，还想跟我分家产，给你间房就不错了！

▶ 第四章　老故乡，老故事

小仁得到两间不开发的房子，老婆一气之下带着儿子走了，留下小仁孤独地过日子。去年小仁得了偏瘫，他的儿子回来和他住，服侍他，他还住在那两间屋子里。听说又要开发他那块地了，值不少钱。

小仁的妹妹卖了十五间房子，开了公司，买了楼房、车子，日子过得红红火火。

只有被人杀的老仁，一直在公安局备案：提供线索者奖励一千元。

从老仁被杀，一千元奖励二十年没变。

墙

"谁敢和他家搭伙噢，乖乖，一只碗都上千，不小心摔碎一只，地里的庄稼都搭上也不够赔，看那围墙扎得，翻过去蛋蛋都能扯掉。"

老疙瘩头在地里锄草，婆娘一溜烟地来了："老头子，可不得了了，刚来个小青年到咱家找水喝，非要买咱家那只碗，我说不值钱的物件拿去行了，那小青年不同意愣是放下一千元。他还说，咱家那些坛坛罐罐的值老钱了！"

"扯呗，咱家那点家底，能是古董？别跟人家瞎起哄。"老疙瘩头伸手拔掉了一棵紧挨着苞谷长的草，头也没抬。

妈妈的味道

"俺也是这么琢磨的,可人家愣是把碗拿走了,诺,这是他给的钱。"

"老婆子,你不会敲诈人家吧,咱家那破碗用了几辈子了,还真给了一千元!走走,咱回家去!"

老疙瘩头顾不上锄头,大步流星地往家赶。

他家世代居住在四面环山的山坳里,儿女们长了出息,到城里定居,很少回来。老疙瘩头和老李头一家紧挨着,老李头家没人,一只刚下蛋的芦花鸡叫得正欢。

老疙瘩头从墙角拿过纸箱,用旧报纸把家里的碗、盘子包好码进纸箱,封口。又到门口把几只老咸菜坛子擦洗干净,用一块旧床单裹了塞到床底下。

他收拾妥当,出门喘口气,看到和老李头家没个遮掩,心不安起来,得和他家隔开,说干就干,他把陈年的柴火搬到和老李头家的地界儿,拿起铁锹挖了起来。

"老头子,你干啥子哟。"

"去去,你别管。"

用了几袋烟的工夫他就给自家围了个篱笆院墙,还用柴火扎了个小门。老疙瘩头看到炕上的一千元钱,心又不安起来,急急忙忙地拿着镰刀奔到后山,把有刺的枝条割下运回家,插在篱笆墙上,这样别人就休想跳进来,身上给刺扎了很多口子他也没觉着疼。

天擦黑老李头两口子从地里回来,扯着嗓子喊:"老伙计,家里咋回事,咋跟柴火较上劲啦?"

老疙瘩头出门嗫嚅着不知如何开口,老李头没在意,进屋开灶做饭。

第四章　老故乡，老故事

过了几天，老李头见了老疙瘩头就不吭气了，斜着眼睛看过来，还"哼"了一声，转身走了相反的方向。

老疙瘩头心中"咯噔"一下，想起家中成箱的值钱家伙又坦然了。

收苞米的时候，老李头没来喊老疙瘩头帮忙，找了右边的那家，搭伙把苞米收回了家。老早的时候，老李头都是和他家搭伙，同村的见了都笑说他们就差姓不一样了，好得跟亲兄弟似的。

临到老疙瘩头收苞米，他想喊老李头帮忙的，想想这段时间老李头压根就没正眼看过他，人家也没叫自己，咋有脸央求人家呢。他去找别的邻居，人家都推脱自家忙和别人搭了伙。

他踌躇地回家，听到骨碌眼对老六头说："谁敢和他家搭伙噢，乖乖，一只碗都上千，不小心摔碎一只，地里的庄稼都搭上也不够赔，看那围墙扎得，翻过去蛋蛋都能扯掉。"

他老脸立马红了，全村就自己扎了围墙，别人家都没有，从这家看到那家敞亮，低头不见抬头见的，我这是犯哪股子劲啊，他想把篱笆拆了，想想一箱箱的金疙瘩，压下了冲动。

从来不下地的老疙瘩头婆娘这个秋天也跟着进了地，晒得皮肤脱了一层又一层皮。

落了几场雪就到了年关。

老疙瘩头的儿女回了家。儿子一看自家的围墙就说："爹，你干啥子了，咱家又没值钱的东西你隔这个不是

妈妈的味道

和李大爷家闹矛盾吗？"

"儿啊，你进来，进来。"老疙瘩头指着那几只箱子，"咱家的一只碗就值一千元哪，看我全收起来了，等人家来收，不隔开哪行，万一他们谁来拿走了，那不亏了。"

"爹，是这只吗？"儿子从包里掏出一只碗。

"对对，是这只，咋到你那儿了？"

"爹啊，我是怕你们不舍得花钱，每次给你们钱都不舍得用，还数落我们，上次我一位朋友来采风，我就给了他一千元，怕你们不要他就想出一计买了一只碗，我那朋友回去就把碗给了我，这不，我想偷偷放回去，怕你起疑心。"

老疙瘩头夺过那只碗砸到外边咆哮起来："你小子长本事了，钱多了没地方使，你们一年回不了一趟家，还让我出尽了洋相。这可倒好，全村男女老少哪个看得起我，就连你娘也跟着我受了苦，一辈子舍不得她下地，今儿也遭罪了，你让我这老脸往哪搁啊！"

等　待

死鬼啊，我知道你一定会回来，来，干了它。大奶举起杯，一饮而尽，满头的白发在空中颤巍巍。

1987年大陆和台湾解除戒严，重新开放大陆探亲。我们乡陆续有台湾的乡亲返乡。他们带来的礼物很贵重，

102

第四章　老故乡，老故事

大金项链、大金戒指，还有从没有见过的各种布料，有的还给家里盖了五间大瓦房，这些消息让乡亲的心振奋，听说某某家的亲人从台湾回来了，都不约而同地前去探望，见到的人回村总有炫耀不完的话题，好像是自家的亲人从台湾回来了，送来的大金项链戴在自己脖子一般。

每次听说台湾来人，父亲总会去打听打听大爷爷的下落。大爷爷黄埔军校毕业，是上校军衔，结婚没几天，战乱太紧，就到了部队，后来老蒋战败，随老蒋到台湾，再也没有了消息。大奶奶在家苦苦等着丈夫归来，这一等就是四十多年。白发爬上额头的大奶奶，每次看到面无表情的父亲回来，嘴巴总是张了张，然后默默地回屋，垂泪。

那日，父亲对母亲说，大叔可能回不来了，王庄的王杰说上船的时候看到大叔也上了船，他负了伤。他们上的不是一条船，后来船上超重，把受伤的人都扔下了海，大叔有可能被人扔下大海了。母亲不相信，说，大叔孬好是个上校，要扔也是军衔小点的。父亲说到了那份上了，谁还管你职位高低啊，再说他们职位高的多了去了。唉，也不知大叔伤到了哪儿，万一不能动，还真说不定。话说回来，要是不能动，他也上不了船，这消息看起来不可靠，咱们还得继续打听打听。

日子一天天过去，谁家的亲人从台湾回来，父亲还是会去打听大爷爷的消息，大爷爷好像从人间蒸发了一样，再也没有了任何消息。

他们都沉默了，不再提起大爷爷。

妈妈的味道

那年的中秋节，大奶照例摆上了大爷爷的碗筷，桌面上斟满两杯酒，她举起酒杯对着那杯酒说：死鬼，我一直等你回来，过安稳的日子。就像他们一样，在家种种菜、收收粮、喂喂鸡、养养鸭。那种打打杀杀的日子都过去了，太平了，回来啊，咱们认认真真生几个娃，给他们娶娶媳妇、送闺女出嫁，过一过人间的日子。死鬼啊，我知道你一定会回来，来，干了它。大奶奶举起杯，一饮而尽，满头的白发在空中颤巍巍。

路

后悔中我又想起我的前世：拎着纸糊的板斧站在路中间，向对面的来人大喝一声：此树是我栽，此山是我开，要想打此过，留下买路财。

自从拦截李逵被杀之后，我的魂魄一直散不了，我不过就是冒充了一下他，在路边打劫养活家人，至于一板斧送我命么。

我投胎转世，一心想要重操旧业，当然不是再冒充李逵，那样风险系数太大，还活不出自己，没意思，要玩就玩心跳的。

我的第一桶金是门口那条河，人口多了，渡河的人就多了，船只已经解决不了渡河的问题。我在河上修了

第四章 老故乡，老故事

第一座桥，派老婆孩子在那收过桥费。一年的时间就收回了本金，还赚了一笔。用这笔钱我又在上游50公里的地方修了一座桥，派老爹和老娘去收费。这样过了三年，这条河上每隔50公里就有一座我修的桥。人手不够，我就雇人看守，一点点工资就解决了。

过桥收费一本万利，我修的桥质量过关，风吹雨打地震洪水都奈何不了它们。可是我还是不满足，局限于小小的桥上多没出息，要干就干大的，心跳的。

通往县城的路坑坑洼洼，积水、泥巴弄得过路人心生怨言，如果我在此修一条路收费，那该多来钱哪。可是怎样才能明目张胆地修路收费？这还得多想想。

我请了地方领导吃饭，说自己手里有几个钱，看在乡邻乡亲的分上，想把这笔钱拿出来修路，改善贫困地区的交通困境，俗话说得好要想富先修路嘛。

喝得满面红光的领导一听，兴奋地拍着我的肩膀说，李鬼兄弟，还是你有心啊，富了还心系国家，这样既解决了出路又给我们创了业绩，妙啊。

我眨巴着大眼睛讨好地对领导说，我不要政府一分钱，自己搞定，就有一个小小的要求，能满足我不。

领导拍着自己的大腿说，说吧，一百个要求都答应。

我想修好路后，收点修路费，把本钱收回来。

你要收几年，领导睁大眼睛。

本金收回来我就住手，您放心，我李鬼说到做到。领导点头。

通往县城的路修好之后，我又向市里领导请示往市

妈妈的味道

里修路，结果他们也同意了我的请求，这样我就有了一条完整的通往县市的收费公路。

钱越来越多，多了咋办，修路呗。

市领导陪同我到省领导那，把我热心修路的事迹一一汇报，省领导说能不能把咱省的路都修了，收费你自己定。我泪流满面地下跪，领导啊，多谢您抬举、信任，我一定按您老的要求，把咱省的路都修了，我擦把眼泪在领导期待的目光中离去。

有了省领导的允许，我在全省范围内大施工程，路面改成双车道，具有机动车专用、分离行驶、全部立交、控制出入以及高标准、设施完善等功能。与一般公路相比，我修的公路具有车速高、通行能力大、运输费用省、行车安全等四大优点。其中车速高是其最显著的优点，也是我修的公路同其他公路的根本区别。我还在各个路口做了标识，所有的路段都做成封闭式的，出口处还建了收费站，只要你进入我的路面，不付钱就休想走出去，为了防止别人不走我的路，我把部分国道也占了，没有国道，还不乖乖进我的地盘。用料那更是精确，容不得半点马虎，我可不想自己的路出现任何的问题，我还给自己的路取个高级时尚的名字：高速公路。

我在省内修高速公路，外省的也要求我到他们省去修，就这样，我马不停蹄夜以继日地修路。

多久了，没有人找我修路了，反正我的钱十辈子也花不完，懒得操心了，带着全家旅游那才是最要紧的大事。

第四章 老故乡，老故事

出趟远门才知道，过路费、过桥费真多啊，车速还没跑起来，又要付过路费了，刚启动好车速又要交过桥费了。

那些路明明不是我修的，谁那么大胆，修了和我一样的项目。全国旅游一番回来才知道，中国所有的路段都被我这样的李鬼弄坏了，上路就得付钱，过桥就得付费，饶是我这样的巨富都不能接受，更何况于他人。

后悔中我又想起我的前世：拎着纸糊的板斧站在路中间，向对面的来人大喝一声：此树是我栽，此山是我开，要想打此过，留下买路财。

穷

等我20岁的时候，听到一个好消息，22岁的她终于来月经了。听到这个消息，我不知为啥哭了。

我和李红相识是在初中走出校门的路上。那段路很宽阔，南北走向，出了学校大门学生就分成南北而行，像流水，涌到公路的尽头又各自向小路流去。

我走路是和别人不同的。小时候调皮，出完麻疹到水里玩水，发烧，看得不及时，一条腿基本就废了，发育不全，走路用别人的说法"一瘸一拐"。虽然我很鄙视这个词，每次听到别人这样喊我都要跟人家拼命。为了让我和李红的相识给大家一个了解，我必须要这样补

妈妈的味道

充，虽然又一次戳痛了我那颗自卑的心。

那天，我就这样一个姿态走在人流中，别的同学都用那种古怪的眼光看我。我正夹紧那颗提防别人嘲笑的心。听到了一个很甜的声音对我说："同学，你好，请问你家在哪，顺路的话我送你回家？"我停下蹒跚的脚步，看到一位黝黑的女孩，长着长睫毛，黑黑的大眼睛闪着光，像黑人，又像是我家墙上贴的黑版玛丽莲·梦露。她手里握着自行车的车把，脚踏板还少了一个。

我说了自己村庄的名字，她说她家在赵园，不能送我了。她陪我走完分流的路，骑上自行车走了。

以后，放学的时候她就推着自行车陪我走完那段宽阔的公路。

这样的日子持续了一年就结束了，她交不起35元一学期的学费，再也不来上学了。

快过年的时候，李红接我到她家过段时间。我们是步行去的。冬天的土路，晚上结冰，白天化冻，都是泥巴。我们走在这样的路上，看到结冰的沟，李红还下去滑一下冰，我站在路上看。经过王庄的村里，她就去够别人家房檐上结的冰溜给我吃。经过顾庄的时候，李红陪我坐在大渠上歇息，我实在走不动了。李红陪我坐了很久，站起来说我背你吧。看着她瘦弱的身子，我笑了。她还认真地坚持，别看我瘦，可有劲了，不信我背你试试？

我当然没试，跟着她继续走。

她家堂屋有一张八仙桌。桌子底下，放了一堆胡萝卜，长绿叶了，干巴巴的。是专门喂马的。她家有一匹

第四章　老故乡，老故事

很脏的马，和她哥哥住一间厢房。房间里有很多马粪。胡萝卜的旁边还有一堆大蒜，都要长成蒜苗了。我和她剥蒜皮，剥了很多。然后她就用那些出了芽的蒜掺盐豆子炒了。

我吃不下，说，俺家炒菜只放几瓣大蒜，不像你家放那么多。看得出，她听了我说的，很难过，说家里只能吃这些，那些胡萝卜还得喂马，你就将就着吃吧。

后来，十八岁的李红跟哥哥换亲，嫁到罗集去了。

十八岁那年我在罗集学校教人绣花。周末步行回家，在一个不知名的村头李红拦住我，很兴奋，我们说了很多，李红说她结婚很受气，婆婆骂她是不下蛋的鸡。结婚两年了也不见动静。因为这，男人经常打她。有一次她公公和小叔子把她堵在屋里狠狠地抽她，婆婆还在旁边骂她说断了王家的香火，好好收拾，看她还敢不下蛋。她哭着求饶，他们越打越厉害，李红给打得受不了，跑不掉，就脱光了衣服奔上了大路，遇到一个好心人给她衣服穿。后来那好心人问她检查没有，不怀孕怨谁。李红说没有检查过。那邻居又问，月经来几年了。李红说没有来过。邻居叹了口气不再言语。

看着黑瘦的李红，我不知道怎样安慰她，以为她离开了穷家，会好过一些，谁知道更孬，落了一个不下蛋的鸡的骂名不说，还挨了人家那么多打。那天我第一次坐上她的自行车，我们在槐花飘香的公路上说说笑笑，甚至还谈起了未来。我说我要到新疆闯闯，不想一辈子受穷。她说，你混好了，把我也接去吧，我都害怕这日子了。我说那是一定的,你等着好了。说完我们都笑了,路上飘飘扬扬的槐花成了我永远的记忆。

等我 20 岁的时候,听到一个好消息,22 岁的她终于来月经了。听到这个消息,我不知为啥哭了。

扶

这是行为艺术懂不?国外可流行这个了。这老头还蛮时髦,能跟上国际潮流,你看他抱树多有范儿,两腿直立,双手环抱,我拍几张照片再走,发到网上说不定就火,我那粉丝量也会噌噌上升。

李老最喜欢大清早到公园遛弯。

他遛弯和别人不同,人家到公园伸伸胳膊踢踢腿,他呢,眯着小眼睛东瞅西望,捡到个纸片、瓶子都装进随身带的纸袋里,碰到垃圾桶,再倾倒进去。知道的人明白他是遛弯,不知道的人以为他是拾荒者。

李老最喜欢坐在三棵树下看老头老太打太极拳、练天山剑。这三棵树还是他年轻时视察发现的。别看它们现在挺拔伟岸,巨大的叶子随风舞动,小的时候可不是这样。中间的那棵树直溜粗壮,两边的小树弯而细,经常被孩子们摇来摇去当马骑。当时还年轻的他编了绳子,把倒下的小树扶正,用绳子拉直,绑在中间的树上。他还在绳子上绑了红色的布条,风吹来时,那些布条哗哗

第四章　老故乡，老故事

地响。因为他的一扶一爱护，三棵树上了电视，成了公园里最具人气的景点。

　　树木长高、长壮，李老的腿脚就不灵活了。每次弯下腰，都好像使完了浑身的力气。看着老头老太打完太极拳，纷纷离去。李老也活动一下麻木的脚，伸伸胳膊，扶着树站了起来。站是站起来了，脚却挪不动了。他暗想：这是怎么了，中风了？他想喊人来帮帮他，发出的声音也呜咽浑浊不清了。李老大惊，感情真是中风了。他趁胳膊还有劲，紧紧地抱住了那棵树：千万不能倒下，倒下就完蛋了。谁来帮帮我啊！李老心里着急，小眼睛努力搜寻着经过的人。他想掏出手机给远在欧洲的老伴打电话，又怕自己站不稳，倒下去，再醒不来。老伴带着儿子移居到欧洲，一转眼二十年了。二十年间，他只和他们相处不到十次。每次离别都是依依不舍，老伴的眼泪在阳光的照射下如串起的珍珠，让他的心生疼。本计划从局长位子退下，就和他们团聚的，哪知道一切都变了，把他们永远地隔开了。他只能在这个城市忏悔，过完自己的残生。

　　"咦，你看那老大爷，这么大年龄了，还抱着树，真是老小孩啊！"一对情侣搂抱着从李老后面经过。"可能老神经了，别理他，咱到湖边去。"情侣嘻嘻笑着，回头望了几眼老头，走了。

　　"当家的，你看那老大爷，我老远就看到他搂着树，这都老半天了，还不撒手。不会有什么事吧？" "你这大惊小怪的毛病到哪也改不了。这叫行为艺术懂不？国

妈妈的味道

外可流行这个了。这老头还蛮时髦，能跟上国际潮流，你看他抱树多有范儿，两腿直立，双手环抱，我拍几张照片再走，发到网上说不定就火，我那粉丝量也会噌噌上升。"

中年男人从挎包里掏出相机，选择了不同角度，拍了几组李老抱树的镜头。女人也举着手机照了几张。他们说说笑笑走进了树林深处。

一个五六岁的小男孩跑了过来。学李老的样子，伸出胳膊抱着树，小胳膊太细，就拉过妈妈一起模仿。当妈的一心玩手机，没心思理小男孩。小男孩拉着李老的裤脚："爷爷，爷爷"地叫着。李老的眼泪滴在了小男孩仰视的脸上。

"妈妈，快来看，爷爷流眼泪了。"当妈地站起来，握着手机来到李老身边。李老心里清楚救星来了，嘴里却说不清楚。眼泪哗哗往下流。男孩的妈妈立刻拨了120。小男孩拦住了几位过路的游客。大家慢慢把李老移到了长椅上，小男孩静静地蹲在李老的脚边，手里抚弄着他的裤管，嘴里说着："爷爷好可怜。"

围观的一位试探性地问："这位不是资源局的李局长吗，怎么沦落到这种地步了？"

另一位也反应过来："我说咋这么面熟，原来是他，走吧，走吧，他家人都到国外定居了，咱这是热的哪门子心！"

小男孩的手给当妈的扯起来，硬拉着走了。她接了电话大声说："我刚才打错电话了，对不起啊！"

> 第四章　老故乡，老故事

李老坐在长椅上，慢慢倒了下去，耳边模糊地听到男孩喊爷爷、爷爷，女人跑过来想扶起他，却无能为力。

小偷日记

憋了两天，我出发了，到了《变形记》里说的那座大山。见到那哥俩后，我说带你们走吧，他们惊恐地缩在角落，不敢目视我。

2009年5月4日　星期一　小雨

晚上看《变形记》，里面两个孤儿让我唏嘘不已。老大木头带着六岁的弟弟过活。他们没有被子盖，睡在爷爷遗留的老屋，四处漏风漏雨。哥俩每天到山上用背篓背煤，挣钱买面条填饱肚子。晚上，我失眠了，觉得自己该干点啥。闭上眼就是那两个孩子光着脚板，在冬天山路上跋涉的瘦小身影。

2009年5月6日　星期三　晴

憋了两天，我出发了，到了《变形记》里说的那座大山。见到那哥俩后，我说带你们走吧，他们惊恐地缩在角落，不敢目视我。我想带走他们是不现实的，就掏出这几年积攒的四千元，交给木头，木头不敢要，我说这是你哥俩上学的钱，你们得上学，不能一辈子背煤。

妈妈的味道

说着我眼泪下来了,我说你们以后的生活费我包了。说出这句话,我暗自吃惊,我只是想把这仅有的钱送出来,没想以后。我拿出在市里买的各类卤肉,看着他们流着口水吞咽着卤肉,我说慢点慢点,叔叔以后还给你们买。

吃完饭,我带他们到村里小卖部,给他们添置了棉被、生活必需品,一人买了两双鞋子。我不能看他们光脚的样子,因为我是光脚长大的。四岁那年,我被人贩子拐卖到一座大山里,那家人也穷,疯癫的养父一发病就打我。九岁那年,我跟随货郎跑出大山。后来孤儿院收留我上了学。中专毕业,到社会上找工作,我被两个年龄相仿的家伙欺骗,输了人家很多钱。他们教会我如何从富人那儿取钱。

我又找到他们村主任,说两个孩子上学的事。村主任为难地说,我们村这样的娃很多,山是穷山,没钱就多生娃,我们这还没学校,上学要翻两座山,到山那边上学,娃苦啊!

我又掏出自己留的一千元,这个给你带两个娃去找学校吧,以后我会经常给他们寄钱。村主任攥着我的手使劲摇,连连说你是好心人、好人那。

我听了很满足,第一次睡个安稳觉。

2011年3月4日　星期五　阴转晴

现在干啥都不容易,尤其是干我这行。装那么多摄像头干啥,跟防贼似的。弄得我也跟着装。戴上眼镜、假发,弓着背,拐着腿。不装不行啊,他们丢了财物是

第四章　老故乡，老故事

要报案的，报案是要看监控的。为了不被他们逮着，我成了流浪汉，居无定所。

想想自己图啥啊，天天跟警察捉迷藏，累得跟狗熊似的。成天提心吊胆也就算了，弄点钱还得邮寄给那些孩子。我开始痛恨自己为啥在那个雨天待在家里看那个倒霉电视了。我又开始恨那个拍摄《变形记》的导演了，你们吃饱了撑的，拍得那么心酸，让人看了眼泪哗哗流。自从四岁以后我还真没流过泪。我发誓，赌咒，要过自己的日子，到星级宾馆住着，吃最好的，住最好的。可是，木头的一个电话就打软了我那颗要变坚硬、要自由的心。

他说弟弟考了双百。村里的二丫和小雨也考了90分以上，小琴和四狗也在努力学习，争取考出好成绩。小琴和四狗是我今年资助的孩子。听到木头他们的进步，我又很满足，能让他们有书念，自己苦点、奔波点算啥！

2013年2月24日　星期日　晴朗

今天真幸运，我在马路边上寻找目标，看到一辆凯迪拉克车里，一对恋人忘情地拥抱成一团，前车窗竟然开着。我探头看看，一个大挎包放在副驾驶座上。我良好的职业习惯让我快速把那包据为己有，招手打的，离开时，我从后视镜里看到那对恋人还在忘情地缠绵。妈的，我是不是也该有个女人了。我咽了一下唾沫，装作若无其事。

打开挎包，我感觉整个世界都亮堂了，包里整整齐齐码满了红钞。呼，终于可以好好休息了。

妈妈的味道

2014年元旦　星期三　晴

我用那笔钱，在木头村里人的帮助下，盖了两间房子，作为他们的学校。教师是没人当。我是个中专生，等我再弄些娶媳妇的钱，我就来给他们当老师。

夜深人静时，我躺在木头兄弟中间，忽然犯起了愁，木头马上要上中学了，那是要到县上去的，其他孩子也要一个一个跟着来，我当老师，他们咋办。山里人靠山，山是穷山，靠不住。他们出山打工，不识字，卖点苦力，还给人骗，连回来的路费都没有。面对这么多无法解决的难题，我辗转难眠。

今夜，我又失眠了。

地球的最后一天

小时候他们就幻想着有家了就建在河边，绿草青青、清风拂面，过世外桃源般的日子。铭不由笑了，笑嫣也笑自己。

这几天铭的心里总有个小小的声音在提醒他，去不去？去不去？

嫣是他小学同桌。小时候，铭体弱多病，羞羞答答的像个小姑娘。班里那些他需要干的活都让嫣替他干掉

第四章 老故乡，老故事

了。就连削铅笔这样小的事情嫣也包了。嫣每次都把铅笔盒里的铅笔细细地削好，齐齐地码在铅笔盒里。铭闭着眼睛打开也能准确地摸到铅笔，嫣习惯性地把铅笔头朝左放，铭的手从来未被铅笔扎着。这样的日子一直陪铭到高中。高三那年，xxx 挑飞行员，首要的条件是身体上没有疤痕。全校就铭被选上了。铭走的时候，看到嫣夹在人群中，那么单薄、瘦小，他想总得对她说句什么，却被人簇拥着送上车。

铭身体没有疤痕，却不结实，每天加强锻炼，让他逐渐强壮起来，嘴巴上的胡须也浓密起来。后来因为身体素质好被选入国家航天局。

铭 30 岁那年经人介绍结了婚，育有一子。家庭幸福甜蜜。

去不去？去不去？小小的声音还在悄悄地问铭。

铭结婚的时候，心中的一角想到了嫣，他想都 30 岁了，嫣早该结婚了吧。他托人打听了嫣的下落。嫣果然嫁了人，还生了个女儿，那男人对嫣并不好，经常打骂嫣。铭当时心疼了一下，那么瘦小的嫣、单薄的嫣、善良的嫣，那男人怎么忍心下手的。

去不去？去不去？那小小的声音还在问铭。

铭想偷偷地去看看嫣，想找那男人好好谈谈，说说嫣的好，从小学一直说到他离开的那刻，想让男人像铭呵护妻子一样呵护嫣。铭只是这样想，他没时间去。最近，太空里的卫星集体没了信息，成了科学家头疼的难题，如果送人上去，害怕出现风险，不去，卫星时代，怕造

妈妈的味道

成全球恐慌。铭和三位宇航员将去太空勘察。

去不去？去不去？那个小小的声音还在提醒他。

临行之前，放了几天假。铭陪着父母老婆孩子去了想去的地方，拍了很多 VOR，很多合影。给家人每人买了几个季节的衣服、鞋帽。他又给母亲一笔钱，让母亲买点营养品给父亲补补，嘱咐他们想去哪儿就去哪儿玩，不要担心钱。

去不去？去不去？那个小小的声音还在提醒他。

假期的最后一天，他偷偷去了嫣的家。

门口一个脏兮兮的长得像嫣小时候的孩子在那哭泣。铭过去给她擦拭眼泪，"怎么了，小姑娘，怎么身上有伤？"

"爸爸打的。"

"你妈呢，她不管你？"

"妈妈搬家了。""搬家怎么没带上你，你妈叫嫣吗？"

"是的，叔叔你认识我妈妈！"女孩的眼里闪出一丝惊喜，"他们说，我不能和妈妈在一起。"

"哪有孩子不能和妈妈在一起的，他们骗你的，走，带叔叔去看看，叔叔和你妈啊，是小学到高中最好的同桌，你妈对我可好了……"

铭牵着女孩的小手，像小时候牵着嫣的手，一路讲着他们的童年趣事，幸福的感觉包围着他。女孩把铭带到了河边。小时候他们就幻想着有家了就建在河边，绿草青青、清风拂面，过世外桃源般的日子。铭不由笑了，

第四章 老故乡，老故事

笑嫣也笑自己。

"叔叔，到了，看，妈妈的新家。"

铭看到绿草掩映着一座坟茔。

"你没说错，这里住着你妈？"

女孩哇地哭了。"我没骗叔叔，妈妈有了新家之后再也没有回来，她不要我了，她不要我了……"

铭抱着女孩瘫坐在嫣的坟前。

那小小的声音发出了深深的叹息。

铭把女孩带回了家，哭泣着向老婆讲嫣小时候，一直讲到嫣站在人群中孤单的身影。妻子抱着孩子说："放心，明天我就去找他，把孩子过继给我们，代养也行，什么条件我都答应他，只要孩子留在我们身边。"

他紧紧地把三人拥进怀里："老婆，我走了，一切都交给你了。"

明天他就要被载人航天飞行器送入太空。如果有了意外，这将是他在地球上的最后一天。

妈妈的味道

第五章 我懂你的语言

　　小时候，有猫和狗陪伴我们成长，它们和我们有很多的故事，有很多说不完的趣事。它离去、它开心、它跳跃，都只给我们看。它们活在我们的世界，我们活在自己的世界。它们是我们生活的陪衬品，我们却是它们生活的全部。我真的，能听懂它们的语言……

黑丫头

　　它用百米冲刺的速度奔向我，我伸出手迎接它，它避过我的手，闪到我的身后，头搭在我肩上，双爪紧紧地拥抱我，我心里一阵温暖，噢，黑丫头，我也想你了。

　　婆婆住院在我家，我不得不代替她到生产队为弟媳妇做饭，顺带喂鸡、喂狗。一只刚满月的藏獒拴在刚长出嫩芽的苹果树下，它憨憨地望向我，满脸的忧伤，我

第五章　我懂你的语言

想它是想妈妈了吧。这只狗是别人送的，刚带回来几天。

中午我把狗食用面汤泡好端给它，它扭过头不看，好像赌气的小孩。那些鸡们一拥而上抢食，我怕鸡们吃了狗食会变成怪物就拿树枝吓唬它们。把狗食伸在狗嘴里，它无动于衷，我摸摸它的头，它伸舌头舔了我一下，依然不吃。晚饭后，剩下半锅揪片子，我狠狠心拿去喂狗，它依然不看不吃，我把它的嘴巴按在饭里，它嘴巴紧闭，我抚摸着它的大脑袋柔声地问它："小家伙，你想家了吗，这儿以后就是你的家了，不吃会饿死的，你看那些好吃的鸡们，你不吃它们就吃完了啊。"它似乎听懂了，舔了一下我的手，我就把饭抓在手里让它舔，它舔完我手里的饭，我把饭盆放在它嘴边，它还是不吃，我只好一次次把饭放在手里，一直喂完。

老公回来对我说："这小狗来这就绝食，不吃不喝，我们以为它吃惯了狗粮，特意买来也不吃，今天它能吃你喂的饭，看来能养活。"

我说："这么小的狗，干吗要拴它。"

"怕它跑了啊，这么贵的狗，丢了不可惜了。"

"可以把大门关上啊，人家来这就失去了自由，要是你也一样啊，不哭才怪。况且它还是个婴儿。"于是小狗就解放了，可以在院子里自由玩耍。我给它取名黑丫头。如果盆子里没水它会蹭你的衣角，跑到水盆前，叽叽地用嘴磕盆，添上水它会很乖地去喝。饿的时候它会站在狗粮袋前，摇头摆尾憨憨地对你笑。更有趣的是，它还有领地意识，全院的最高点是苞米堆，成了它的领

妈妈的味道

地，它整天蜷在最高点观察鸡们的一切活动。

黑丫头五个月大的时候我去看它。它不知跑哪玩去了。我到菜地里摘菜，它已经学会了开菜园的门，经常溜进去洗澡。它又偷偷地开门，看到我嗷的一声，向着我冲过来，越过菜们，直接扑到了我怀里，对着我又亲又舔，黑丫头，这么久了你还记得我啊，以后不要这么野蛮嘛，差点把我扑到，这样粗鲁谁能受得了啊。它害羞地一路不给我走，只拿它的大头拦我的腿。

黑丫头慢慢开始会咬人了，关在院子里它会爬院墙，为了不让它伤人，家里人把它转移到羊圈。我搂着它坐在摩托车上，它很紧张，几次想跳车，我安慰着它。到了地方把它放下，它下车就跑了，我们在后边追，它疯了一般不理。它疯跑到铲车跟前，高兴地嗅啊嗅啊，它认出了自家的铲车，好像明白了什么，又掉头迎接我们。

晚上，月光皎洁，我和老公带着黑丫头散步，路上是沙子，踩在脚下软绵绵的，很舒服。走得太远，我就挽住老公的胳膊，黑丫头蹭地从后背搭上我的肩，我吓得放开了手，它夹在我们中间，老公扒拉它让它别当第三者，它就是赖着。我们怀疑它的举动是无意识的，又试探一次。我挽住老公的胳膊，它从正面过来，用它的爪子把我们分开，我们嘿嘿哈哈地笑它，它一脸严肃，严密地监视我们的一举一动。

第三天，黑丫头开始圈地盘了，它看我端坐在一边，就跑去巡视，一百多亩的林带它巡视了一遍，在各个重要地段用尿做了记号，里面几只狐狸也吓得不知逃到了

第五章　我懂你的语言

哪里。我们以为黑丫头在羊圈里适应了，就把它放在了那里。谁知道黑丫头独自在羊圈待了一晚上，第二天早上跑回了家，再也带不去了。

黑丫头越长越大，也越来越凶猛，来往的车辆都受到它的追击。它会趴在三轮车上，好像跟人有仇似的对开车的人吼，把人吓得魂飞魄散，天天有受惊吓的邻居来告黑丫头的状。加上电视上藏獒伤人事件频发，家人害怕只好把它拴上，不让它惹是生非。黑丫头又开始绝食了，以示抗议。后来老公好言跟它商量：到羊圈去，不拴你。它的憨脸露出笑容，舔了一下老公的手表示同意。到了羊圈它再也不往回跑了。有天早上，老公接到求救电话，原来黑丫头扩大了领地，连公路也成了它的管理范围，清早拦了十几个人，不给人走，一走作势就咬，不走它就趴在那看着，吓得过路人都不敢动。还有更离谱的事，别人夜里浇棉花地，它也不让人浇，人家吓得跑到小四轮斗子里，它趴在那看了一夜，那人又不知道我家的电话，小四轮没油抽水也不敢加，哆嗦着过了一夜。黑丫头犯了严重的管闲事错误，又一次被拴。

拴起来的黑丫头没有绝食，不在拴它的地方大小便。老公有次忙，两天没去管它。结果黑丫头憋了两天，解开链子它狂飙到树林方便完才回来跟人亲热、吃饭。

冬天来临，山上的羊群转场来到了这里，哈萨克人带有六只大型牧羊犬，来到第二天就和黑丫头发生了战争，黑丫头本来拴在羊圈的，不知什么原因解开了，它奔向了被占的领地，那六只牧羊犬厉害凶猛，围攻撕咬

妈妈的味道

也不是黑丫头的对手。哈萨克人骑着黑马，手拿长棍赶来助阵。黑丫头脖子拴着五公斤的长铁链，被黑马踩住，其余的牧羊犬上去撕咬，哈萨克人一棍子把黑丫头腿打断了。黑丫头挣脱黑马的铁蹄，躲开群狗的围攻，还有马上挥舞的木棍，逃回了羊圈。

我去看黑丫头，它用百米冲刺的速度奔向我，我伸出手迎接它，它避过我的手，闪到我的身后，头搭在我肩上，双爪紧紧地拥抱我，我心里一阵温暖，噢，黑丫头，我也想你了。然后我查看它的伤腿，它把我往蒙古包带，那儿的群狗在呐喊。我不知道什么意思，拉着它，不让它乱跑，它带了我两次没成功，气呼呼地趴在地上，扭头不看我。我才明白，它是让我给它报仇啊。一只孤独的狗，没有主人的庇佑，腿都给人打断了，这仇咋报。"黑丫头，等你腿好，我们给你助威，看着你和它们干，来个公平的决斗如何？"黑丫头扭回头，舔我的手，站了起来。

黑丫头变成了女汉子

看老公走了，黑丫头把它的大头别住我的腿，老公走远了，才松开，它开始舔我的手和衣服，往我怀里钻，像个撒娇的孩子。

那天去看黑丫头，它激动得狂抖身上的毛，尘土从

第五章　我懂你的语言

它身上纷纷飘落，抖了三次，老公才从铁丝网里爬进去给它解开链子。它扑到老公身上，舔啊、抱啊、跳跃啊、欣喜得不行。亲热完老公，它又窜到铁丝网跟前，亲我的手，我摸着它的大脑袋，它把嘴巴伸出来，满眼的血丝可怜楚楚望向我。黑丫头不知多久没水喝了，我赶快给它递水，它喝啊，喝啊，喝了很久，跑到树林里方便一下，又来喝水。然后吃它的食物。

　　我绕了很远，进到大门里。老公过来接我，黑丫头还在啃它的骨头。忽然，它疯了一般，拖着脖子上的铁链，呼啦啦地向我们狂奔而来。老公伸开双手："黑妞，过来！"黑丫头无视他的双手，从他前面直冲过来扑向了我。它从我前面紧紧地抱住我，头贴在我胸前，又跳下去，试图分开我的双腿，从我腿下钻过去，每次它都喜欢从我腿下钻过去，再钻回来。铁链子总是把我的脚扫得很痛。这次它怎么努力，都钻不过去了。它的大脑袋已经长成狮子头，肩膀宽大、虎背熊腰、庞然大物一样。它急得绕着我直转圈，我尽量把腿叉开，我腿太短，它还是钻不过去，我们嘻嘻哈哈地笑它，笑它都成人了，还跟个孩子似的玩。它不好意思地直直地跑向井的方向，我们跟在它后头，它又掉回头，向我们跑来，老公又伸出手，黑丫头没理他，跑到我跟前，和我嬉戏了一番。老公拿起它的脚，看看它厚实的大脚，它还想反抗，不愿意。老公还是趁机把它的胖蹄子抓起来，它立了起来，比老公矮了一头。老公把它抱起来，估计它有40公斤了。说母狗里黑丫头这么高的个子，这么重的体重，不

妈妈的味道

多。黑丫头怎么看都不像母狗啊，它那庞然大物的身躯，嘻嘻……

黑丫头这段时间估计吃了很多鸡，家里人忙，没时间喂它，每天吃馒头，不但不瘦反而胖了那么多，皮毛发亮，动作粗野。简直就是一个没教养的野丫头嘛。陪伴它的那些鸡少了很多呢。

看老公走了，黑丫头把它的大头别住我的腿，老公走远了，才松开，它开始舔我的手和衣服，往我怀里钻，像个撒娇的孩子。我推开它，它还不自己玩去。我说："黑丫头，一个女孩子脸长那么大多难看啊，你看你，嘴巴也这么大，哪像个丫头啊！"黑丫头羞羞答答地低着头，不吭气。摩托车的声音响起，它忽地站起来，使劲地靠近我，用它的肥腰靠着我。原来，老公回来了。一个月前，黑丫头自由了一天，不愿意再被拴，就跑，老公拿石头砸它，后来不知怎么想通了，就趴在那不动，老公把它拴上，想抽它的，看它头低着看向地，没忍心。没想到黑丫头还记仇呢。以前都是黑丫头和老公亲得很，这次却有意识地躲避。这个女汉子般的黑妞啊，长这么大，还扭扭捏捏，好不协调喔！

狐狸

我喜欢狗，在狗的世界里，可以享受到友谊和生命的坦诚。

第五章 我懂你的语言

不是么，生命的坦诚！

狐狸是只小狗，两个多月的小狗。这名字是昨天老公给它起的。

中午的时候，老公喊，狐狸过来，它就兴致勃勃地从屋里跑出来，一直到我站的位置。黑丫头正在吃饭，狐狸闻到肉味直接伸头到了黑丫头食物边。黑丫头一口就要咬狐狸，幸亏老公反应快拾起一根树枝，挡在了黑丫头嘴边。好险，黑丫头一口就能要了狐狸的小命。黑丫头讨厌别的狗，唯一不咬的就是狐狸，经常用它的大爪子把狐狸拍倒，爬不起来，这次，黑丫头算是跟狐狸结仇了。黑丫头那么会过，吃不完的食物马上就用嘴巴拱土盖上，还要用嘴压实了，它能容忍狐狸和它分享食物吗？当然不能！每当看黑丫头埋食物时，我都在想，黑丫头的前世一定是位挨过饿的女子，后来给饿死了，才会对食物这么珍惜。也可能是1960年饿死的，要不然不会那么憎恨别人跟它共餐。它曾经咬死过一只饿极了的小狗，就是因为人家想偷吃它一块肉。

对于黑丫头的小气就不说了。说说这狐狸。狐狸才来几天，就有了了不起的故事。

我们在地里种了很多菜，葡萄、果树。有几只老弱病残的羊们被单独放了出来。它们就游荡在菜地里，吃各种蔬菜，就是不到苜蓿地吃草。人又不能时刻看着，很是无奈。狐狸第一天就把菜地里的羊驱逐出去了，它用小小的嘴啃羊的蹄子，一只只啃出去。那些羊不服气，

妈妈的味道

想你这小小的狗，还不经我一蹄子，还想管我，不鸟它，无奈，腿给人不停地啃着，只好撤。撤到玉米堆里，这也成了狐狸的保护地，它不给羊们吃玉米粒。羊们气得不行，跟狐狸斗了好几天，以失败告终，再也不来菜地吃菜了，菜们都开心地舒了口气，开始重新长叶子结果实。

狐狸有如此天赋和它的娘有关系。它的娘是只牧羊高手，原主人家有一群羊，都是狐狸的娘天天吆喝出去放。它在前头走，羊们尾随在后。这狗可不是人，它经常把羊吆喝到别人菜地里，把人家菜吃吃。人家去撵，这狐狸的娘不让别人沾到羊，挨近羊，它就毫不留情地上去咬。为此赔了人不少钱。无疑，狐狸的娘是只聪明的狗，就是不识时务，经常犯致命错误。狐狸可能看到它娘的错误，及时纠正了自己的思想境界，想从小树立男子汉的正确世界观。这点，狐狸做对了，人家说青出于蓝更胜于蓝，一点不错，对人对狗都是一个理儿。要不然咋叫它狐狸呢。

狐狸对人有排斥行为，不认识你是绝对不让碰的。昨天见到我，就好像认识了好几百年一样。上来舔我的手，笑眯眯地看着我，讨好地卧在我脚边，把肚皮露出来，让我抚摸。我们玩得很和谐，老公闷闷不乐地说，它跟你咋没距离呢，我和老儿跟它相处了几天，才让我们抚摸。我也想不通，难道这狗前世是我的朋友，它没喝孟婆汤，依然认识我？一定是这样，一定是这样。

我喜欢狗，狗永远记得你对它的好，哪怕是一次食

第五章　我懂你的语言

物的赐给，一次小小的抚摸。人却不一样，你对他付出了全部，哪天他变态，觉得那都是你在讨好他，别有用心，利用他，就会变成一种仇恨，一种过激行为。反过来报复你。

我喜欢狗，在狗的世界里，可以享受到友谊和生命的坦诚。

不是么，生命的坦诚！

羊的语言

我正看着羊群吃草，形势一下大变，羊们一下高声呐喊起来，并且冲到了我趴着的围栏前，齐声高喊，我一下听懂了它们的语言，竟然是拿来！快拿来！

羊们从羊圈里出来，像流动的激流，哗啦一声，就占据了食草，整整齐齐排好了队伍。有一只帅帅的羊，长着长长的白毛，聪明得很，每次都不屑于和其他羊共食，总是在上料的时候，就开吃，怎么也收拾不住它，没办法，又帅又有脑子，这是它生存的优势。别的羊吃草，这位帅哥看谁不爽，就去挑逗一下，用角碰碰人家的屁股，碰碰人家的腿，人家惹急了，会回头跟它干上几下子，无奈肚皮饿着，只好匆匆收场。每当这时候，帅哥表现得极度兴奋，跳起好高，还要在空中做几个高难度动作。只是，没有羊欣赏它的表演。在羊的身上，我懂得了吃

妈妈的味道

饱了撑的是怎么回事。这个词对人说有用，对羊来说最恰当。因为羊不会掩饰自己的行为，人会，会装。

还有一只羊，特别有战斗力，还带着一只和它长一样花脸的小羊。隔着围栏，它都想和狐狸干上一架。狐狸当然没那个闲心，它卧在我腿跟前，看着那只战斗力十足的羊妈妈，别的羊都在吃草，这只战斗力十足的羊就跟那谁战斗起来了，它用头轻轻地顶一下我老公的腿，他走了几步，它就跟着顶，老公才反应过来，敢情这样跟他玩的。然后他就用脚顶住羊的头，一人一羊玩得不亦乐乎。我远远地看着笑死了。

中午下了一只褐色的小羊羔，它被羊群冲出来就找不到妈妈了，一直在羊群里喊：嘛、嘛……喊了好几个小时，它的妈妈也没理视它，估计是个光生不养的主。老公就是在羊群里寻找那只不合格的羊妈妈。后来母羊回到了小羊的跟前，就把它们抱出了羊群，放到孕婴场地。

我正看着羊群吃草，形势一下大变，羊们一下高声呐喊起来，并且冲到了我趴着的围栏前，齐声高喊，我一下听懂了它们的语言，竟然是拿来！快拿来！我回头，看到老公提一个黄色的桶来了，羊们群情激奋，喊声嘹亮。我惊问，羊们咋抗议了。这不是我提着玉米来了。它们精得很，想吃玉米。黄桶挂在树上，那些羊们就安静了，回头找到自己的位置，继续埋头吃草。老公又拿起黄桶给母羊们加料，那些羊们又群情激奋，这次我听得出是骂老公了。要不是木栏全是大木头做的，它们就

第五章　我懂你的语言

跳将出来泄愤了。

小羊还不会吃奶，那只新当妈妈的母羊光顾得吃料，哪有心管孩子。小羊在母羊肚子下闻闻，别的母羊就顶它。不给沾。老公就抓住不合格的母羊，我把小羊拿到羊肚子底下。结果它不会吃奶。折腾了很久，只好放弃。我走几步小羊就跟着我走，还喊：妈妈……

老公说，这次惨了，它只认你了。

等他开着车走的时候，小羊娃竟然跟着车子跑了起来，速度竟然跟车的速度一样，跑着嘴巴也没闲着，喊着妈妈……我就跟后边追啊。小羊又跟着我了，我蹲下去，让它回到羊群里去。

我无意中碰到了它的嘴巴，它就回头喊着往回走了。这个刚出生几个小时的小羊娃，脑子里一定充满了茫然和渴求，它对这个世界是好奇的，也是惊恐的，也不知道那只不合格的母羊，给予它温暖没？

陪你走一程

即使这样又有何关系呢，在生命有限的光阴里，我实实在在只是陪你走一程的人，仅此而已。

和于雷同班时，我14岁，真是个花样的年龄啊。可是我却没有花样的感觉。

那是1990年吧。谁能想到九十年代初期我们还饿

妈妈的味道

肚子呢，看着肚大腰圆的自己，我也怀疑经过那段岁月的不是我，而是顶着我身躯的倒霉蛋。就是这个倒霉蛋住校，每晚在大通铺里听几十个女生像老鼠一样窸窸窣窣地吃夜宵。那种声音让人难受，捂住耳朵也不行。我痛恨临睡觉还吃东西的人，有的人还咔咔，那样更不能原谅。我一度怀疑自己得了憎恨症、厌食症。因为我吃不下去食堂里千家面粉聚到一起做成的杠子馍。那种馍馍不但黑，还黏牙。食堂里还有一种汤，一点白菜叶，加点碎粉条，加点面糊糊、加点盐，我就是用这样的汤泡那黏牙的杠子馍，填我那瘪肚子的。

这样的日子过了不到半个月，我就开始饿了，呼噜呼噜喝汤，吃一个黏牙的馍不饱，还要拿馍票再去换一个。馍票是红色的，菜票是绿色的，汤是黄色的，塑料制作，冬天易碎，不易保存。为了不让它们碎，我就用橡皮筋扎起来。馍票是三姐从家里拉一麻袋小麦换来的。

再说于雷。他是瘦小的小男孩，长得平淡无奇，还没发育，整天穿一件深蓝色的军便服，很破，不脏。他皮肤黑，不像他哥哥皮肤白。我是认识他哥哥才注意他的。他哥哥那时正在发育，像往大的长了，白白净净，穿得比于雷好点，腼腆不爱说话，站有站样，坐有坐样，像白面书生。就是这样的男孩子，给雷劈过，很好奇吧，不但你好奇，我们班里大多数人都好奇。听说，他放学的时候和本庄的一个女生共撑一把伞回家。经过天沟（引水渠的渠沿），一个响雷就把他俩劈了，女生死了，他身上据说有一道长疤痕，说是雷公留下的记号，以后雷

第五章　我懂你的语言

公还想干啥，那就要看这个孩子的造化了。还有很多传说，就不说了，传说还是那响雷，同时劈了两棵坟边的松树，松树的皮也从上到下剥掉一巴掌宽的口子。有一年，我不知道怎么到了他们庄头，还特意去查看了那两棵松树，仰脸看到树梢，再低头看树根，用手量了树皮的宽度，对于雷公的神秘也就到此而止。于雷的哥哥叫于峰，他俩的名字合起来就是雷锋。

兄弟俩在一班，一个学习好，一个一般。吃不饱饭，穿不好衣，不影响我们娱乐。元旦晚会还是要办的。大家凑钱买点瓜子、糖果、水果。说相声、快板、唱歌、跳舞，很喜庆。于雷的一曲《信天游》，引起了大家的高度注意，雷鸣般的掌声可以说明一切。《黄土高坡》奠定了他在班里的唱歌地位。听他唱歌是一种享受啊，我们都想他长大后一定是歌唱家、明星一类的，虽然他长得在人群中分辨不出来。

他们中午不回家，家离学校太远，也不住校。中午饭就成了问题。看他经常饿肚子的，两个黏牙的杠子馍也没钱买。这样过了很久。有一天，不知道出于什么心理，也许是三姐刚给我送来了一麻袋小麦，换回了几捆馍票嘚瑟的吧，数数自己的馍票，按捺不住跳跃的心，非要给于雷一捆馍票才能心安。数数那些馍票，计算着给他多少，才能吃饱。当然他哥哥是没有份的。我直观地觉得，他家人偏心，因为他哥哥给雷劈了，就疼他多点，于雷像是没人疼的孤儿。中午的时候，我把一捆馍票塞进他课桌了。于雷回来的时候及时发现了馍票，并拿出

妈妈的味道

来喊，谁的馍票，谁的馍票。当然没人认领了，只有我低头做作业，无动于衷，后来他说，没人要，我就吃了啊，不吃白不吃。听到这句话，我心伤了下，抬头看他一眼。他凌厉的眼睛正看向我，都是鄙视。

对于他我就不再关注。

直到今年，我的同学老赵，打电话提到他，他竟然是律师了。很有钱，穿上千块钱的皮鞋，上千块钱就算了，没穿几天还开了胶。还有好几套楼房。我憋不住，就说了那馍票。老赵对他说了。他说最开心的就是解了他几十年的心结。没想到，一捆小小的馍票他也惦记着。只是惦记，他并没有想过和我联系，虽然我们相距万里，现在通讯这么发达，说一句话还是很轻易的。我想，他知道是我后，还带着大大的失落吧。

即使这样又有何关系呢，在生命有限的光阴里，我实实在在只是陪他走一程的人，仅此而已。

兔子兔子

我喊：小黑孩，快过来，小黑孩听话！小黑孩果然很听话地给我抓在手里，我又给它们换了一个新豪宅，它们才不闹腾。

兔子里也有邪恶的，还不少！

前几天我负责喂兔子，兔们隔了那么久见到我，有

第五章　我懂你的语言

的表现得很开心，趴在笼子上站得直直地看我。以前我进兔圈只是清理它们的粪便，还没资格给它们喂食。这次我拿起了料桶，给第一只兔子喂食，其他兔子立马激动起来，纷纷趴在食盒上，弄出各种响声，很像一群要饭的，敲打着饭碗，给点吃的吧，快给点吃的！又像火车上那个卖盒饭的乘务员，推着装满食物的车子，在人行道上走，用一根不锈钢的铁棍敲打着铁皮做的车子，发出震耳的声音：让让，让让，盒饭，大米饭，五元一份；面条五元一碗！没人买她的盒饭，她就用车子崴坐在过道里的旅客，没命地敲打铁皮箱。我不知道她是跟车子有仇呢，还是跟旅客有怨，反正她成了我记忆中挥不去的阴影。我知道她是一个不快乐的列车服务员。既然天天不快乐，完全可以躺在家里睡大觉，到公众场合发泄，让那么多人跟着愤怒，让那么多人心里留下挥不去的阴影，真不地道！

我就这样想着那个讨厌的乘务员，不停地把玉米渣放进料盒。忽然一声凄厉的尖叫吓到了我。赶快往发声地跑去。一只还没满月的小兔子跑到了隔壁大兔子那儿，嘴巴都淌血了。我赶快打开笼子，把小兔子送到它妈妈那儿，不放心，又放进了产仔箱。那只兔笼里有个东西，又白又红，我想，那可能是一只小兔子，是大兔子吃剩下的。我不敢确定，因为害怕，看了很久没去动那个东西。

第二天，我又来喂兔子，那个又红又白的东西不见了。我在母兔子那儿发现一只小兔子的头。用棍子取出来，放在地上。我去加水，忽然觉得脚下踩了什么，心

妈妈的味道

里咯噔一下，踩着的感觉让我心惊，低头一看竟然是那只兔头，我觉得万分邪恶，赶快把它放到了外头，金豆过来把它含走了。

又是喂到一半的时候，又发出尖利的吱吱声，又去查看，这次那只兔子又把一只小兔的肚皮咬破了，一条腿也快吃没了。我把笼子打开，抢救出小兔子，后来想想这个坏兔子，打它几下，想想，又把它提溜出来，放在笼子最上层，和谁也不沾边。邻边的那只母兔子十个孩子给它吃得只剩五只了。等过几天，那两只受伤的也死了。我狠狠地批评那只吃小兔子的大兔子，说它太恶毒了，作为一只兔子，不爱惜别人的宝宝，还拽过来就吃，你没孩子吗，那么恶毒！它睁着无辜的大眼睛看我，我指指它脑壳，看什么看，可耻！

我又去教育那只不合格的母兔子，你看看你，怎么看护孩子的，眼看着人家吃你孩子，也不反抗，也不汲取教训，你啊，你啊，让我怎么说你个蠢货呢？你看人家大灰，休息的时候都把孩子驮在身上。不是一会儿啊，是每天！每天都驮在身上，那才是母爱！说完，我还把手机里的照片给它看。它看到没有，也不知道。让它后悔去吧！无能的家伙！

还有一只母兔子，不知怎么搞的，生了三个白孩子，后背都光秃秃的，毛都没了。我仔细地检查了一下，也没皮肤病啊。后来隔壁唯一的白孩子也跑进了它的笼子，我一看，后背毛也不见了。直到那天我把食物放完，看它们时，才发现那只母兔子把白孩子扒拉在嘴边，拔毛

第五章　我懂你的语言

吃呢，那只小兔子温顺地蹲在它嘴边，一动不动，连腿上的毛都被拔光了。天呐！我立刻打开兔门，把小兔子拿了出来。母兔还不给我拿，拼命反抗咬我，幸亏我戴着手套，穿着棉袄，就这也在我手腕上留了两个牙印，我当时想，会不会得狂犬病，仔细看没流血，就放心了。我把四只小兔子放一个笼子里，给它们放了很多玉米渣和树叶。那只母兔子气得不行，看到我就咬食盒。我也不理它，哼，坏家伙，呀呀呸，咬我！

下午去清理兔圈，打开门，就看到没毛的小兔子在地上，看我进来了，跑了过来，我脱口而出：小可怜，你咋下来的！抱在怀里，安抚它很久，又放进了小伙伴里，它们待在三层高的笼子里，掉下来竟然没有受伤，真是个奇迹。我想是不是它们的毛有降落伞的功能，或者因为母兔子把它的毛吃了，剩下的毛更像一把撑开的伞。因为它不停地掉下来，从来没受伤，在地上跑得飞快。我要是伸手，它会到手里来的。

还有两只小黑兔，我刚给它们分好豪宅，还没起身，它们就跑了出来。我喊：小黑孩，快过来，小黑孩听话！小黑孩果然很听话地给我抓在手里，又给它们换了一个新豪宅，它们才不闹腾，在里头站起来看我。没事的时候我就把其中的小黑孩抱在怀里，抚摸它滑溜溜的毛，小黑孩会很乖地趴在我怀里，静静地任我抚摸。

有一只小灰兔，跑到了我们住的房子附近，我和大嫂抓了它很久，也没抓到。过了好几天，它竟然跑进了一个没有关的笼子里了。那里面还有食物，它一个人呆

妈妈的味道

在里面，我抱在怀里，说，小坏蛋，怎么跑回来了，是不是害怕狐狸、金豆抓你啊！那只小兔子我找了和它差不多的兔子，放在了一起，它们很和谐，觉得肯定是一个妈的，因为它们没有陌生感。我想这只跑出去流浪好几天的小坏蛋一定有很多的故事讲给其他兔子听。那些兔子们一定会羡慕地不行。其实兔子也需要旅行、探险，尤其在少年时代。

以前总以为兔子是温顺的，是可爱的，看到兔子邪恶的一面，不禁思考了人类，思考了世界，全人类都如兔子般，有好有邪恶，还有伟大的母爱！

爱我的，我爱的小兔兔

八只小兔子就这样给我喂死了，我的无知又一次毁了它们，内心的愧疚一直不散。后来想想，它们是不是三十年前那些没有投胎的兔子，如今又来陪我一程，然后又纷纷离去，转世为人了？

小时候，就和长毛兔共居一室，还会给长毛兔看病，虽然有的兔子给我用煤油浇到烂脚掌上烧死了。我是不想看到它们有病或者死亡的，原谅我那时的无知吧。嗯，已经原谅了。兔子们从另一个世界捎来话儿。喂，你们隔了三十年还没投胎吗？亲爱，我们舍不得你，所以在再找机会做你的兔子呢！好吧，为了兔子们的前程，就

第五章　我懂你的语言

有了下面的故事。

那次去头台真是意外。头台是个好地方，那里土地肥沃，人烟稀少。搞了全乌苏最霸道的养殖业，比如养孔雀、养野猪、养鸵鸟、养德州驴……我们去的那家在距离村庄很远的庄稼地，车子在坑坑洼洼的乡间土路上几度迷失，碰到人就问路，问不到路就跟老板打电话，终于到了。下车后，熟悉的味道扑面而来，我使劲闻闻，呀呀，这么好闻的乡土味，记忆深处，那些兔子们扑面而来。

于是，我们家有了很多的兔子。

养兔子的地方距离我们的房子有十公里路，老公专门负责。一天，他打来电话问我愿意养小兔子吗？一只母兔得病死了。我赶忙说愿意、愿意啊！等我买好奶粉回家，小兔娃已经在门口等我了。它们团团趴在产仔箱里，有两只灰色的，六只白色的，刚刚长出白色的兔毛。好瘦噢，个个皮包骨。我回忆起小时候给兔子的喂奶量，一只小兔决定给一针管。幸亏小时候喂过兔娃子，要不然，还不知道兔娃要用针管呢。

第一次喂兔崽子很难，老公用手把它们的嘴巴掰开，我把针管伸进它们的嘴里，它们咂到奶味就开始自己吃了。第二次喂一个人就搞定了。把小小的兔崽子放在手心里，针管一贴近嘴巴，它们就跟贼撵的一样，瞬间，针管就空了。兔崽子吃完还要啊，才几天的工夫，它们营养不良的身子骨就硬了起来，上蹿下跳，在屋里到处巡逻、视察，跟大干部一样。溜达够了就跳进产仔箱睡觉。

妈妈的味道

不幸来临的时候，是老公提议，给它们吃饱肚子吧，把肚子撑圆了，这样不是长得快！我一听就是啊，赶快给它们喂了三针管子，还看不见肚子圆。又到菜园子里找苜蓿，到医院找鲜嫩的榆树叶——有人给我说，兔子最爱吃榆树叶。我还给兔子掐嫩嫩的老扁草，小时候，我们家兔子就爱吃这种草。不愧是前世投胎来的兔子，它们不爱吃榆树叶，爱吃老扁草，估计它们还残存着前世的口味吧。

早上，我看到裙子上展展地躺着一只白色的兔子。我害怕它们在地板上走路打滑，特意把旧连衣裙铺在产仔箱门口，让它们舒服地玩耍。看到那只兔子时，心里特别难受，我一度怀疑是夜里起来上厕所，踩死的。心里那个懊悔啊，为什么踩到兔子没感觉呢，脚步那么重呢？

后来邻居对我说，是我们房子太热，热死的。我就把风扇斜斜地对着它们吹，过了一夜又死了一只，这次我检查了一下兔崽子的屁股，发现它是拉肚子死的。然后我就给它们喂药，想想馍可以治疗拉肚子，我就把馍细细地掰了，放在裙子上，它们一人看管一块，啃得特别畅快，馍和牙齿接触的地方还发出了快乐的声响。吃了馍的兔子长得特别快，兔毛已经长得很长了，也精神多了。我躺在地板上看书时，它们也凑过来，趴在我胳膊底下，好像我搂着它们一样。有一只小兔子蹲在我脸旁，认真地盯着我的书呢，看它认真的样子，我猜这一定是只有文化的兔子。

第五章　我懂你的语言

趴在地板上看手机视频的时候,那只小兔子也和我一起蹲在手机跟前看呢,以后我看书的时候就把手机视频打开,专门放给小兔子看。一开始有两只小兔子看,后来禁不住胡萝卜的诱惑,纷纷走了。一看它们就是不爱学习的好孩子,本来我还计划培养它们其中的一个练习写字呢,哪怕是写个"一"字出来也证明它们是可以学习文化的兔崽子啊!

乌苏啤酒节闭幕式来临了,我和朋友们要去看明星演出。走的时候,把馕、胡萝卜、青草、清水放好,还把风扇开到最小,和兔崽子们说了拜拜,锁上了房门。

我们在美食一条街觅食的时候,邻居打来电话,说我的小兔子得拿出去,家里温度太高了,别热死了。我把放钥匙的位置对他讲了,让他照顾我的小兔子。

等我们看完演唱会回来,已经到了夜里十二点,打开灯,喊了声:孩子们我回来了,呀呀,怎么一个都不见了,我还以为邻居给我拿走了呢。我开始清理它们拉得像芝麻的粪便。脚上痒痒的,一只小兔子站在我脚上,看着我呢。我把它拿在手里说,小家伙,原来你们在家啊!然后,小兔仔们从沙发下、书桌的缝隙、床底下钻了出来,围在我跟前,我趴在地板上,摸摸这个,动动那个,它们任我摆弄,围着我不去睡觉。没办法,我就在地毯上铺了一个小被子,和兔子们一起睡觉。我的脸旁趴满毛茸茸的小兔子,离开它们才一天,它们就这样,虽然不会说话,却会用行动表达它们的情感。

第二天,邻居对我说,你家小兔子,太胆小了,我

妈妈的味道

进去之后，它们全躲起来了，我一个也抓不到，抓了好半天，太贼了！你是怎么抓到的？我说，回家之后，我喊一声，它们就出来了，不用抓。邻居说，还没满月的小兔子认人吗？这么神奇，我累了一身汗，抓不到，你一喊就出来了！这畜生，懂事！

我幸福地看着它们在草地上蹦来蹦去，像看自己的孩子一样幸福，有一种荣誉感。

啤酒节的第二天两只小兔子死了，第三天我最喜欢的小灰也死了。我用漂亮的纸把它们包裹起来，不舍得丢弃，总以为它们听到我说话会爬起来，弓着身子，一个跳跃，蹦到我手里……

剩下三只小兔子了，三个小家伙都有了自己的名字；两只白的叫沧海、星星，一只灰的叫永辉。这三个人是和我一起码字的作家，他们主动把自己的名字让给了我的小兔兔，还嘱咐我一定要照顾好他们，他们此刻变成了小兔兔，陪我快乐！

哪知道，天气太热了，竟然高到40°，沧海和星星都死了，我难过了好久，也没敢告诉真实名字的拥有者，我害怕她们说我没照顾好它们。就是今天我也没敢说。永辉到底是男孩，生命力强点。我走到哪儿都把永辉放在产仔箱里拎着。后来，孩子们放假了，我就到养殖场避暑。永辉已经很调皮了，能从床上跳下去毫发无损，还会找好角度，找好支撑点，跳到床上，还非得爬到我脸上才罢休，不给爬，使劲闹腾。晚上，太热，我们躺在地上睡觉，它就跳到我下巴上蹲着，害怕翻身把

第五章 我懂你的语言

它压着，就拿在手里，它蹲在我手里一动不动地睡着了。

老公和我一起躺在地上，招手，想骗永辉过去，体验一下被兔子爱的感觉。永辉从来不上当，不理他。白天，它听到异样的脚步声就会躲起来。如果是我的话，它就会一下蹿出来，和我在床上玩耍，练习跳高，下跳，那动作，闪电一样。

乌苏旅游局邀请几位乌鲁木齐的作家采风，我也去，老公建议我把兔子装在包里带上，我害怕天热，热死了，没敢。两天后我回来，进屋就喊，永辉我回来了，怎么喊永辉都不出来。老公回来对我说，小兔子死了。它躲在床缝里，不出来，也不知道是饿死的，还是病死的。

那一刻，我心都碎了。八只小兔子就这样给我喂死了，我的无知又一次毁了它们，内心的愧疚一直不散。后来想想，它们是不是三十年前那些没有投胎的兔子，如今又来陪我一程，然后又纷纷离去，转世为人了？

狐狸与兔子

狐狸欢天喜地一阵风到我跟前，蹭着我的手，肚皮翻着，双腿蜷着，脉脉含情地望着我。我用戴着手套的手抚摸它的肚皮，它很享受，一动不动地任我抚摸。

狐狸好吃之极，不能看人拎袋子，它会跳跃着站得直直的，双爪扒在袋子上，摇着长尾巴讨好袋子，注意，

妈妈的味道

不是拎袋子的人。吃东西也是猪八戒吃人参果，直接下去，肚子撑得滚圆，然后就找个僻静的地方养神去了。我想它是不是在回味食物的味道呢，还是在后悔为啥吞那么急，又没狗和它抢食。

挖花生的时候，看到狐狸在远处追兔子，就喊狐狸回来。狐狸欢天喜地一阵风到我跟前，蹭着我的手，肚皮翻着，双腿蜷着，脉脉含情地望着我。我用戴着手套的手抚摸它的肚皮，它很享受，一动不动地任我抚摸。手套上的沙土不小心弄到它脸上了，我说，看你，耍赖，看不到人家干活呢，对不起啊，真不是故意的。它抖抖脸上的土，跳起来又向兔子的方向奔去。我喊它回来，它回来玩了一会，我专心挖花生，就把它忘记了。花生秧好瘦弱，一棵好的结十几个，不好的一个也没结。正常是结三个。连我的种子都没收回来。

大家都放弃的花生，只有我执着地用手挖，老公看不下去，就拿铁锨帮我。我说，一棵能结两三个我就很满足了。小时候，大姐二姐天不亮就拉着驾车到别人家地里搜寻花生，天黑回来，也就两塑料袋花生，平时舍不得吃，留过年吃。剩下的都给俺爹就酒了。老公说，如果现在的孩子天天看，不给他吃会出现什么状况？我说不知道。他说，看两三天还行，之后还这样，估计就把碗筷、桌子掀了。我说那我们看了那么多年，咋没有一个掀的？他说，那时候的孩子都傻啊！

我又想起每年快到中秋节时，大姐、黄脸叔、大姑、美红大姐、毛妞大姐他们半夜骑自行车驮着䈰到砀山批

第五章　我懂你的语言

发梨子，到萧县批发葡萄。葡萄放䇺里，䇺上面还要绑着两塑料袋梨子。好的是舍不得吃的，磨烂的，坏半个的，才是我们过节的水果。后来，我坐在火车上离开家，经过砀山的梨园，才知道是那么远那么远，才知道他们那么厉害，为了过节，洒了那么多汗水，年年无怨无悔。

收获了一点花生，我就开心得不行，毕竟收获了啊。

天黑时，老公看到大白兔竟然死了，给狐狸咬死了。狐狸在杏树底下咬死了大白兔后将它拖到瓜地，可能打算毁尸灭迹，没成功。它还小不会掩埋，吃得太饱，也吃不下兔子，那只兔子和它身材差不多，我不知道它是怎么把兔子咬死的。

老公拎着兔子，我说你提着兔子，扇狐狸的脸，看它下次还敢不！老公说，狐狸怪厉害的，不错，这么小就能逮到兔子了。冬天好好训练，让它逮兔子。

话说，那只大白兔，怪可怜的，一直关在笼子里，才自由了两天，小命就丢了，估计这就是命吧。

妈妈的味道

第六章　印记留存

悲欢离合、嬉笑怒骂已经不好概括现在的生活。人群中，遇见你，就是缘分。你说，一天又过去了，你说一年又过去了，你说小镇梅花刀又开始有人来挑战了，我说，我也去吧，只为多一点素材。你说，来，来吧！别忘了扛上十三只羊助阵。

十三只羊

这次等我的是一位老太太，慈眉善目，笑眯眯迎我进了屋，让我把羊放进厨房，然后热情地推我出了门。

我在棉麻公司是小职工，每天给机器喂棉花是我的工作。

一天夜里，不知什么原因，我的脚竟然进了机器，等大伙儿反应过来停下机器，天哪……哪，我哀号了一

第六章　印记留存

声，便失去了痛觉，在血流如注中，我赫然发现自己的脚趾头不见了。

我们是县棉麻公司，厂长为了单位不出现安全事故报道，给我全家办了城市户口、办了残疾证、办了低保；给我赔了一大笔钱，又安排我当了后勤管理。对于一个种地的农民来说，真是想也不敢想的事。我觉得失去半只脚没什么，穿上鞋，谁也看不出来，只要我慢慢走路。

快过春节时，厂长对我说，你到羊场抓28只羊，挑一只最大最肥的你扛回家，十三只屠宰好的羊送到县里，我们得和那些官爷搞好关系。剩下的咱们厂里的人分了。

我喜滋滋地挑了只肥羊，宰好扛回家。这当了小官还真不一样，我们家从来没有宰过全羊过年啊。

厂长给我配了辆车，让我去送羊，这是领导器重我啊。我觉得出人头地的机会来了，这次得好好表现一番，给那些领导们留下好印象。头天我就到澡堂把自己清洗一番，还弄了点古龙香水喷上。头发到精剪名店做了造型，喷了摩丝，大风也吹不乱。还特意到花花公子品牌店买了一套西服，人家顺便送了双袜子。看到镜中那个意气风发的人，真不敢想象那就是我。

我信心满满地拿着厂长给我的送羊名单激动万分地出发了。能和领导近距离接触，还自己不掏钱送礼，谁接到这样的活不高兴啊。

第一家，我打了电话人在等着。我扛着羊攀上四楼，还没敲门，门就开了。一个冷艳的女人板着脸对我说，

妈妈的味道

放在这儿吧。我欲进屋,她堵住门,没有让进的意思。我把羊放在门口一个纸箱上,看着她。我等待着女主人邀请我进去喝口茶。她冷冷地瞥了我一眼,你可以走了,砰,关上了门。

我又开车到了第二家。气喘吁吁爬到五楼,当然肩上扛着第二只羊。这次等我的是一位老太太,慈眉善目,笑眯眯迎我进了屋,让我把羊放进厨房,然后热情地推我出了门。出门时,我的汗流了一脖子,她家地暖烧得奇热,老太太穿了件夏天的衣服呢。

好不容易下了五楼,到楼下,看到墙边有一堆没有清扫的积雪,我扒拉着,从雪底下掏出一把干净的雪,塞在嘴里解渴。都怨我,早上一激动,连饭都没吃。吃完雪我又马不停蹄奔向第三家。

第三家还行,住二楼。开门的是一位男士,他对我微微颔首,示意我把羊放在过道里就行。我抬起头,满脸堆笑地望着他伸出了手。这位大人物,我经常在电视上看到他,本人和电视上一样亲切。他向我挥挥手,怎么是再见的手势?

天黑时,我终于把最后一只羊送到了领导家。

送完羊,我迫切地走进一家饭店,一个人要了份大盘鸡,两瓶啤酒,好好犒劳下自己。

回去给厂长送车,汇报工作完成。一进院门,就看到一堆羊在灯光的照射下泛着白光。厂长正在那焦急地踱步。看我进来,气急败坏地吼道:让你去送羊,你打扮这么阔气干啥,不知道现在反腐!你看看你,平时的

第六章　印记留存

衣服哪去了？打扮得跟暴发户似的，看看，你脖子上还挂着相机，谁敢要你的羊，事情都给你搞砸了！

我看着那堆羊，嚅嗫地说：难道这是我送出去的那十三只羊？

厂长看着我欲哭无泪。

我看着那堆羊欲哭无泪，那堆羊——当然它们谁也看不见，因为天寒地冻，都已经硬邦邦的了。

空　巢

各色的车辆来来去去，没有一辆载着他牵挂的人。他在李老的别墅前停了下来，大门紧锁、锈迹斑斑。

张老这段时间心神不宁，他在偌大的院子里走来走去，查遍所有的房间后，到了孙子的卧室。孙子的照片挂在墙上，调皮地对他笑，他回孙子一个鬼脸，坐在被褥齐全的床上，回味着小家伙的一举一动。他挥舞着小拳头和机器人大战；他翻着张老出版的厚书，一个字不认识还念念有词；他摘朵盛开的牡丹别在张老的耳朵上，非要拍照留念，不拍还耍赖不和爷爷玩儿。昨天儿子从那个满是袋鼠的地方打来电话，说如果老爸想通了就过来。张老站起来，把坐皱的床单抻平，想在孙子的小脸上拧了一下，却碰到了冰凉滑溜的玻璃。他缩回手，带上了房门。

妈妈的味道

他踱到了院内，欣赏着花园里盛开的杜鹃、玫瑰、月季、山茶，转回头，总觉得缺少点什么，少点什么呢？满园的花香，引来鸟儿婉转地啼叫，蝴蝶伴舞、蜜蜂伴奏，香气不用深呼吸就醉了心脾。他抬头看看天，正是春末夏初之际，天空灰蒙蒙，看不到太阳在哪，已经很久没有看到太阳的笑脸了，新闻里说一年当中光雾霾天就达两百多天。他踱出大门，上了锁，戴上口罩，缓缓地上了路。

路两边的树叶上粘着一层油腻腻的灰尘，让张老的心缩了缩，他想如果再年轻一点，会拿把水枪冲去上面的油腻，让树们畅快地呼吸。各色的车辆来来去去，没有一辆载着他牵挂的人。他在李老的别墅前停了下来，大门紧锁、锈迹斑斑。花园里零星开着几朵小花，杂草很茂盛，肆意生长，越过栅栏，像是向张老倾诉。窗玻璃上布满灰尘，紧闭的窗帘让张老看不到室内的情形。李老两口子在的时候，那窗玻璃擦得能当镜子照。花园里的花儿四季盛开，冬天那梅花香的，张老都不愿意回家，整天赖在李老家吟诗作赋。看着无人打扫的院落，他叹了口气，自从李老一家搬到加拿大，他再也没有进过这门。他蹒跚着往前走两百米就到了蔡老的家。蔡老二胡拉得好，他和李老待腻了，就到蔡老的家听蔡老拉二胡，听完蔡老的演奏，还能蹭上一顿美味的饭，蔡夫人烧得一手好菜，色香味俱全，张老咽了咽口水，自从蔡老一家移到巴黎，他再也没有这种口福喽。

他步履艰难地往回走，这儿是当时的富人区，这儿

第六章　印记留存

有达官贵人、学界名流、各路精英。他们出门开着豪车，户户雇有保姆，他家过生日，开舞会，你家过个寿，全来凑热闹，那热闹劲，张老的脸上浮现出了笑容。他可是文化界出名的腕儿，哪家也少不了他。自从天空看不到太阳，那些人呼啦啦全走了。张老又抬头看天，太阳也不知移到了哪儿，肚子反倒饿了起来。保姆每天中午来做顿饭，早晚得张老自己解决。自从家里只有张老后，保姆也不愿意住这儿了。说这么大的别墅区，就张老一人，空旷，连说话的人都没有。她得到闹市区沾沾人气。张老想要再雇个保姆，一直没找到合适的，知道底细的人不来，不知道底细的张老不敢要。他打开门进去，看了一会儿花，嗅嗅，又上楼，各个房间看了一遍，复又坐到孙子的小床上，看着对面墙上的孙子，伸出手，又缩回来，他站起来带上门，暗想，今天我也得去沾沾人气。

"喂，小陈啊，你上次说的那个笔会，打算在哪开啊，还没找到地方？你看这样行不，在我这儿开，对对，我这儿不是宽敞吗，儿子的车还在车库，你们随时可以用。会议室，这个好办，我找人布置，我还有个请求，能不能开个培训班啥的，让我发发余热。那个袋鼠乱跳的地方，我不去，这儿环境不好，我就跑，那不行，总会有好的那天啊，我等得到。哈哈，行行，就这样定了……"

张老打着电话出了门，拦了辆车吩咐司机，哪儿人多就把我放哪儿。司机看着他笑了。

三生三世

玛尼王的神色是黯淡的、绝望的。当我和特尔木紧紧相拥走向遥远的天际时，却被流箭射中，从马背上跌落。

谁能想到我是长安花都的保镖娇娘呢？青稞带走我仅仅是因为让我保护他，仅仅因为了我那把柄长一尺、宽一指，剑身如肌肤般晶莹圆润，剑柄镶嵌绿莹莹的玉石，没有剑穗的揉指剑吗？胡人抢走我的时候，他正奄奄一息，他的部队遭到前后夹击，等胡人呼啸赶来时，我正拽着他在马背上往玉门关走。

库尔靡是他们的首领，他从马背上把我掳到他的怀里，我有无数个机会用揉指剑刺向他的心脏，可是我不能，青稞还在马背上摇摇欲坠，那些疯狂喊叫的胡人一刀就会结果了他。我顺服地依偎在库尔靡的怀里，唯一的要求是带上青稞。青稞已经昏迷两天了，如果再不找人医治，他就会永远地扎根异域了。他把我带到了这儿，我一定要把他带回长安，哪怕是他的尸骨。

库尔靡的领地在夏塔河谷，他已经有了三位夫人，有无数个孩子。我住在他的帐篷里，看着青稞挪到帐篷外晒太阳，看到青稞无力地低着头，像一堆肉，我的心是欣慰的，毕竟他如一棵失去水分滋养的树又活了过来。

第六章　印记留存

青稞的头还没能抬起来，库尔靡在一次战争中死去，他的长子也须縻接收了我和其他两位夫人，我对这样的结果苦笑不已，有什么办法，青稞的头还是那么无力，他太需要阳光和水分，还有奶茶、羊肉、药草的滋补了。何况也须縻有男人味，对我又那么专一。那两位夫人已经老矣，我成了他的唯一夫人。第五个孩子降生时，也须縻也战死了，他们把他埋在了吉尔格勒，堆积了一座山一样的土墩墓，和库尔靡的墓遥遥相对。我没有哭泣，我看到青稞的手能扯到青草放进嘴里咀嚼了。

翁归靡娶我的时候，我看到青稞抬起了头，他的目光如炬，点燃了我心头的火，终于，我们可以逃走了。

可是青稞在马背上、在草原上都没有看我一眼，他只带着我的长子，教他骑术，教他射击，长子和四个孩子不同，他是汉人。难道青稞知道他是他的骨肉？

翁归靡死于一次意外，我的长子顺理接替了王位。我和青稞紧紧相拥，准备归程时，有人向我的长子告密，为了巩固他的权力，他赐予我们毒酒，并把我葬在其他王之间。青稞和我并排而葬，那把揉指剑握在我俩的手里。是的，我是武功高强的娇娘，为了青稞，我跟了三个男人，最后和青稞如愿地住在了一起，虽然是另一种方式，这也是青稞对他儿子的唯一要求。

如果注定是王妃，就算是放羊的丫头也逃不脱。当蒙古国的玛尼王在草原射大雕，射到了我，我成了他的妃子。见到他的长子特尔木时，我的心一下亮了，我看到他眼中的火苗越烧越旺，他是我前世的青稞啊！我们

妈妈的味道

像闪电,两手相扣难以分开。玛尼王喝令侍卫拉走特尔木,他强硬地回头喊:娇娘,娇娘……

我真的是娇娘!我的青稞啊!青稞在玛尼王逼迫我的时候,闯进蒙古大帐,逼迫玛尼王放我走,要不然就一把火烧了大帐。玛尼王的神色是黯淡的、绝望的。当我和特尔木紧紧相拥走向遥远的天际时,却被流箭射中,从马背上跌落。

2016年6月,我随旅游团进入新疆旅游,看到草原上很多庞大的土墩好奇地问导游怎么会出现这样的奇景。导游说,这是乌孙古墓,你如果在草原上看到这样的石堆或者土堆,那都是乌孙古墓,考古学家已经证实了。历史上的乌孙人竟然在这儿?我说着好奇地向土墩走去。导游在后面喊我,娇娘,娇娘,你别上去,古墓给人盗了,危险!

我爬了上去,一个四四方方的坑在土墩的中央,深达数十米。我轻易地跳了进去,用手轻轻一拨,一柄长一尺、宽一指,剑身如肌肤般晶莹圆润,剑柄镶嵌绿莹莹的玉石,没有剑穗的揉指剑出现在我手里。我目瞪口呆,往事历历在目,抬头望向如洗的碧空,不禁想到,我的青稞此刻在哪儿?

小镇芙蓉刀

赏银叮当砸在白衣胜雪定型的脚下,他用剑指向前方,左腿欲飞,右腿金鸡独立,姿态优美。

第六章　印记留存

"客官来了,上坐,您老上座喽!"芙蓉镇的月牙楼迎来一位白衣胜雪的公子。店小二接过公子的马绳,热情地招呼着。

"店里都有什么吃的,拣拿得出手的菜上,安排一间上好的客房。本公子在这住几天。"

"好咧,公子慢等,马上安排好。"

"等等,还有一位朋友要来。"白衣胜雪又嘱咐到。

"晓得了,客官。"店小二前台吆喝道:"上好客房一间,清蒸鲈鱼、红烧蹄髈、四喜丸子、狮子头外加一瓶十八年的女儿红。"

白衣胜雪站在窗前,看到一位乞丐在街上溜达,他掏出一锭银子,嗖地掷到乞丐的脚前。乞丐熟视无睹地继续前行。白衣胜雪又掏出一锭银子,嗖的一声掷出去,撬起另一枚银子落在乞丐的脚前。乞丐依然熟视无睹地往前溜达。等第三枚银子齐齐拦住乞丐的路时,乞丐捡起银子,抛给了路边一小乞丐,慢慢回头,向月牙楼走来。

"老乞丐,不能进,这不是你该来的地方,去去!"店小二拦住乞丐不给进。

"这位就是我要等的贵客,怎么,不想做生意了?"白衣胜雪微怒。

"哪敢,哪敢,小人有眼无珠,爷息怒、息怒。爷,您老请进,这就上菜。"店小二忙赔笑脸。

等十八年的女儿红喝到五坛时,老乞丐才松口:"俺们这小镇,一个字,穷。唯一能谈得上一观的就是芙蓉客栈的芙蓉刀了。这把刀的主人芙蓉九是个厉害娘们,

妈妈的味道

这把刀听说是祖辈传下来的宝刀，传了十八代了。到了芙蓉九这一代，就剩这女儿，没有男丁。江湖人士就想据为己有，各路人物纷纷登场，去抢宝刀。你想清楚了，失脚别怨我。"老乞丐说完，把蹄髈拎在手里，打着酒嗝大摇大摆地走了。

夜，静谧。

一枚落叶徐徐飘落，惊跳一只酣睡的流浪狗：汪汪、汪。

白影一跳两纵飞进芙蓉客栈。

"公子可来了，我恭候多时了！"芙蓉客栈老板娘芙蓉九抱着芙蓉刀对飞进来的白衣胜雪施个万福。

"识相点，就拿来吧，爷心情好，尚能饶你一命！"白衣胜雪口气高傲。

"有本事，就自己来夺，废话少说。"芙蓉九抱着芙蓉刀发起了挑战。

二人旋即战了起来。

白衣胜雪手持雪花剑，剔透中透着寒光，一剑一刀相碰，剑鞘立卷。白衣胜雪大惊，这把号称宝刀的芙蓉刀不就是一把普普通通的菜刀吗？虽然刻着一朵盛开的芙蓉花，闪着耀眼的血色。一愣神之间，芙蓉刀又卷土重来，一招披星戴月，白衣胜雪执剑截挡，哗啦啦一阵虎啸龙吟，卷刃的剑鞘又笔直如初。白衣胜雪心中大骇，心想不可小看此刀。手上不觉用了力道，真气运用到剑身，剑体瞬间变得通透，一条小巧的银龙在剑身上游走，这就是天下失传许久的龙吟剑！芙蓉九看到此景，心中

第六章　印记留存

更是惊恐万分，她用真气把自身护住。

空气忽然凝固起来，银龙还在游走，芙蓉刀忽然喷出一朵火红的花，射向白衣胜雪，那条银龙口中喷出一团火，转眼，火红的花消失在夜幕中，银龙也不知所踪。

一白一红闪转腾挪二百五十回合之后，白衣胜雪瞅准芙蓉九的破绽，剑指芙蓉九命门。芙蓉九回旋身体，转过白衣胜雪身后，点了他的定穴。随后，啪啪啪，三声巴掌一拍，芙蓉客栈顿时灯火辉煌，叫好声、口哨声响彻天宇。

赏银叮当砸在白衣胜雪定型的脚下，他用剑指向前方，左腿欲飞，右腿金鸡独立，姿态优美。

"妈的，给人当猴耍了，江湖传言芙蓉刀易夺，原来他们是拿这来娱乐赚钱的！我这英明毁于一旦了。"白衣胜雪欲哭无泪，反应过来已迟。

芙蓉九在白衣胜雪脸上亲了一下："感谢你的精彩表演，赏银给你一半。如有兴趣，半月之后可以再来！"

大作家与小作家

吃过饭之后的第二天，邻居见李四破相了，出门捂着半张脸。对门邻居说："他老婆昨晚抓的，说是发了篇破稿子一毛钱没见到，请客庆祝花了三千。"

张三是李四的老师。这个话说起来很长，两三万字

妈妈的味道

也絮叨不清，你只需要知道他们的关系即可。

张三是本地的文化腕儿。本地的报纸副刊隔三岔五会刊登一篇他的随笔。本地的文学杂志每期也留有他的版面，凡是和文化沾边的雅事，都要邀请张三到场。

李四是在酒桌上看到张三的，不用介绍，他越过几把椅子，双手抓住张三的手："大作家啊，早就认识您了，无缘见面，今日一见，荣幸之至啊……"（凡是夸人的好词，李四全用上了。）张三被李四夸得连喝了六大杯冷啤酒，喝酒的过程中，张三就收了李四做学生，学习写作。

张三拍着李四的肩膀说："跟我准没错，谁让咱是名人呢！"

第二天，李四就带着手稿上门请教来了，经张三的指点、润色、推荐，李四的习作还真上了乌苏报纸的副刊。发表处女作的李四那是喜出望外，带着时令水果、烟酒到张三家感谢来了。

张三谦虚地说："这不是小事情嘛，以后用得着老师的地方，尽管说。不行，今晚，我请几位名人在聚仙阁给你庆贺一下，顺带你也结交下文学界的朋友，对你以后的成长是有利的。"

"那我就高攀了啊，感谢老师的引荐。"李四受宠若惊地连连点头。

吃过饭之后的第二天，邻居见李四破相了，出门捂着半张脸。

对门邻居说："他老婆昨晚抓的，说是发了篇破稿

第六章　印记留存

子一毛钱没见到，请客庆祝花了三千。"

"哈哈……"

李四头也不敢回，落荒而逃。

寒来暑往，李四的作品也登上了本地报纸副刊整版。凡是本地举行和文化沾边的雅事，都少不了李四的身影。李四总是站在张三的下手，嘴里说着："老师，您请，您请。"

张三很受用，在酒桌上逢人就夸："李四才高八斗，是个可塑之才，日后必成大器。"

听者无不回应："是啊是啊，严师出高徒嘛。"

张三脸上的肥肉都跟着颤动起来："那是，那是。"

李四蜷缩在餐桌一边，愁眉不展。

在庆祝本市作协成立二十周年座谈会上，文友问张三："听说，你那徒弟近日上了国内一级刊物名人访谈，都是您指导有方啊。"

"你怎么知道的？"张三诧异道。

"我长期订那刊物，一直指望着发篇长长脸，谁知这么多年也没如愿。初看到李四的名字，我还不相信写他的，后来经过多方打听，还真是他，对了，您多久没见到李四了？"

"两年了吧，这两年也不知道他做什么去了，一直没消息。"

"你该去看看他了，当初，你可是不少吃他啊，大家伙没少沾你的光。"

"其实，说心里话，我还真没想到他能写出啥，以

妈妈的味道

为他就想出个名，所以就捉弄一下他，请请客、吃吃饭，让他知难而退。这两年不来往，我想他死心了，对文学不抱希望了，没想到，他还没放弃，就连我，一次省刊也没上过，别说名人访谈了。真是惭愧啊。"正说着，张三的电话响了起来："李四啊，请我吃饭，庆祝，聚仙阁，多叫几个人？好好，八点见。"

张三到聚仙阁的时候，李四带着老婆孩子已经早早等在那儿了。李四抓着张三的手，使劲摇着："感谢老师，你的帮助才有了我的今天，太感谢老师了。"

李四老婆也过来，挽着张三："张老师，您上座，今天特意感谢您来了，要不是您，李四也一直没出息，多亏了您的指导啊。"

张三茫然地说："我也没干啥啊。"

李四说："老师，您那时候不是经常请老师指点我写作，吃点喝点、交流交流。说实话，那几年，我家的积蓄都给我花完了，老婆为了惩治我，天天脸上见彩，不敢出门。到后来，都怕报纸发表我的文章了，一发表文章就预示着我要出血。说实话那点稿费，只够买把青菜、两斤肉的。老婆逼我，我生气就和中文网签了约，当了签约作家。没想到，经过这两年的写作，收获极大，不但还清了欠债，还结余不少。我在起点中文排行榜占了个二，第十二名，年收入这个数。"李四伸出五个手指头。

"五千？"

李四摇头。

第六章　印记留存

"五万？"

李四又摇头。

"难道是五百？"

李四老婆憋不住，笑着说："是五十万啦！来，张老师，敬您的，喝酒，这是窖藏茅台，专门孝敬您的。"李四老婆容光焕发地举起酒杯。

"天哪，李四是大神级的作家了，牛啊！"陪酒的惊呼道。

张三喃喃问道："大神级是什么？神仙吗？"

九　月

在那儿，天空竟然是灰色的，像灰色的砖墙，像沉睡的轨道，让我压抑，想不通这样灰暗的地方怎么可以有这样仙气的名字呢。而他，我对面的神话就在这样的地方长大，而后跨越千山万水，像溪流和我汇集在一起。如今，那些和我云游的家伙都失去了联系，也没有见过面，从那个灰色世界出来一个人，成了后半辈子旅程中的同行者。生命是奇妙的，缘分更是。

——目击众神死亡的草原上野花一片，远在远方的风比远方更远，我的琴声呜咽，我的泪水全无，我把这远方的远归还草原。

妈妈的味道

能坐到一起吃饭的人，总是有一点相同的。比如神话，认识的时候我并不知道他在安徽，然后在宿县，家竟然在朱仙庄镇。小时候在宿县看病，只记得宽大的茶色玻璃门，可以看到外面下着雨，模糊中记得一个小女孩在玻璃门边来回挑逗我，让我出去玩，她不知道我快死了。我也不知道自己快死了，陪着她笑，看着雨不停地下。我还年轻的母亲正和年轻的父亲商量，这孩子不行就丢在宿县吧，有好心人捡到，或许能活。父亲或许沉默了很久，或许当机立断，或许是看到我还有活着的迹象，说了句，死也要死在家里。我就在雨中辗转回了家，然后历尽苦难活了下来。那些在我脆弱的时候挽救我的人一一离去，只有健在的父亲，我对他感情全无。张学文对我说：父爱就是要给子女保护，给家庭温暖和责任，不管遇到什么事，可以舍弃自己的一切，也不可以抛弃家里的妻儿老小。这些我们都没有得到过。虽然父亲在母亲和他商量给我一条不一样的活路时，他让我死在家里。

为什么说起这件事呢，只因长大后在宿县蹲了很久，还同好朋友们到朱仙庄纱厂去看阿莲，在那儿看到灰色的结着青苔的砖头房子，有三角形的铁轨在这样的建筑里躺着，那儿的人很清闲，三三两两走着。在那儿，天空竟然是灰色的，像灰色的砖墙，像沉睡的轨道，让我压抑，想不通这样灰暗的地方怎么可以有这样仙气的名字呢。而他，我对面的神话就在这样的地方长大，而后跨越千山万水，像溪流和我汇集在一起。如今，那些和

第六章　印记留存

我云游的家伙都失去了联系，也没有见过面。而从那个灰色世界出来的一个人，竟成了我后半辈子旅程中的同行者。生命是奇妙的，缘分更是。

唐梦进门就问我，拥抱一下吧。其实我们真的需要拥抱，给彼此受伤的心一点慰藉，给心灵找一个安身之所，可是我却没心没肺地说，回"政府"揍你，虽然我知道他们都不会介意，我是怕我们拥抱后会忍不住哭……

吃饭的时候唐梦说他最喜欢中国新歌声的一句：远在远方的风比远方更远。他说，这句话听了特别能打动我。

然后我打开手机，放了《九月》，这是我昨天看中国新歌声最触动的一首歌，早上一睁眼就下载，听了几遍，也是我手机里唯一下载的歌曲。听完后发现，我们喜欢的是同一首歌，原来我们的世界是这么的相同，还有什么可说的，兄弟，干了这杯酒！虽然有可能是假酒，喝了会头疼。黄大人没来，酒也就没趣了，说好的，每次聚会都你带酒的，人不来酒要来啊，看看，唐梦还没吃完饭就躺倒了，头疼。老潘回家发烧了，头疼。他们都说这酒有问题。政府问我神话没事吧，我说肯定没事，他走南闯北，喝多了假酒，能有啥事。神话，你说，我判断得对吗？你不头疼，也没发烧吧！

第二次见保险公司讲师滕华，身材好得不要不要的，我有两个她粗。我和她的区别是，还没开吃，她就饱了，宝宝很忧伤地看她的小蛮腰，她说别看，别看了，看得

妈妈的味道

我都不好意思了。俺立马就愧疚不已，好像自己是色狼一样。她吃那么少，嘴巴那么会说，竟然给我拿下了，我是无意的啊，催逼作业，这是主席该干的事，竟然变成了我催逼主席，她俩都表示只敢低头吃饭，不敢吭气。然后不让我在饭桌上提作业的事，不提作业怎么行？宝宝作业收不够，吃不下去大盘鸡啊！经过介绍，小蛮腰美女竟然是安徽人。在新疆，安徽人少得可怜，当然得干一杯！值得庆幸的事，这三个安徽人不管是什么原因、什么目的到了新疆，到了乌苏，都是热爱文字的人，写得相当不错，至少错别字不多，能表达出内心所想，这就够了，再干了这杯让人头疼的酒吧！

和才女湘主有什么说的呢，她把我剖析得跟我自己一样，我使劲摇头否认啊，怎么可以承认自己的缺陷呢，不承认，不承认，坚决不承认。政府只在那确认呐，天哪，这俩人，这一桌人其实都知道俺就是湘主说的那样的啦。算了，算了，既然都知道，干杯吧！

能聚在一起喝杯假酒，真的是造化，虽然我们在一起几个小时，就一一分别，就如《九月》里所唱：远在远方的风比远方更远！近在咫尺的我们不会远在天涯的。在红尘中，见面能互相看一眼就够了，更何况还有能喝完三瓶假酒的友情！

第六章　印记留存

大年夜

　　王大爷是这些措施的受益人，他擦了擦眼泪说："柱是个好孩子，我捡到他时，小胳膊小腿的，我一口饭、一口饭喂大的。"

　　年三十这天，李大刚同妻儿、副镇长、秘书一行来到了梧桐村王大爷家。王大爷是梧桐村的孤寡老人。镇里有养老院，安排他进去养老，好说歹说都不去。说自己一个月两千多元的养老金，花不完。病了，合作医疗社95%的报销，没什么开支。在农村待习惯了，换地儿不习惯。

　　他们到了王大爷家就按来时安排好的方案展开节日行动：李大刚的儿子陪王大爷玩儿，爷孙俩到雪地里放鞭炮堆雪人去了。

　　大盘鸡摆在桌子中间，红烧鲤鱼头对着正席，荤素菜交错排开，一碗碗饺子穿插在其中。王大爷身穿新衣笑呵呵地端坐首位。

　　李大刚端起吐鲁番干红起身，举杯对王大爷说："大爷，我代表全镇父老乡亲祝您老身体安康，幸福如意！"王大爷慌忙起身："大刚啊，你看我们老百姓种了一辈子地，当了一辈子的泥腿子，老了干不动了，政府让我们买养老统筹，那时候大家伙都不相信，历代人

妈妈的味道

没听说这样的好事。都是老了惹儿女嫌，拖儿女的后腿，小病装不知道，大病不吭气，等死。现在可好了。你们挨家挨户做工作，劝我们买，这不，都好过了，月月养老钱打到卡里，比儿女们送钱都准时。每当钱到账户，那些老年人聚在银行，一个比一个赛着活，儿女是比着孝顺。疾病这块儿，让我们活着也没有后顾之忧啊！你们做得好啊，真正做到了老有所依，老有所养，我感谢你们！""来来，祝大爷健康长寿！"

放下酒杯，李大刚又给逐个满上，王大爷示意他坐下。他扭头对着供桌上擦拭一新的遗像说："柱啊，你都看到了，自从你走后，咱镇上的领导每年大年夜都是陪爹过的，咱一个小老百姓何德何能享受这待遇，都是因为你啊，柱，咱值了，你在那儿也好好的。一转眼，就十五年了，这十五年，换了多少领导，他们都没忘记爹呀！"

十五年前，王柱是梧桐镇的治安主任。星期一的早上他接到一个求助电话。

说梧桐镇中心学校有一个身绑炸药的疯子在学校大楼，扬言要炸掉大楼和师生们同归于尽。当时已到了上课时间，疯子不许老师和学生外出，否则就点燃炸药。几千师生啊。打电话的是派出所的所长，请求指示。王柱接完电话就跑到了梧桐中心学校。他看到派出所很多工作人员手持盾牌，身穿防弹衣围住学校大门和各个出口。王柱边走边脱掉工作服，走到花池前把泥巴涂在身上、脸上、头发上，走路一条腿也不对劲了，蜷起了半截。

第六章　印记留存

走进教学楼打眼就看到一个男子手拿打火机,气急败坏又喊又叫,处于癫狂的状态。

"老乡,咋了,有啥想不开的?"王柱对那个身绑炸药的疯子说。

"要你管,臭要饭的!"那人对王柱不屑一顾。

王柱搬起腿说:"前年我从楼上摔下来,腿断了,就再没好,没有劳动能力,只能要要饭。俗话说好死不如赖活,你说是吧?谁无缘无故不想活了呢?爹妈把我们送到这个世上,是让我们好好活着,对吧?"

"像你这样活着,过讨饭的日子?老子才不干!"

"那你要过怎样的日子!"

"我要过上人的日子,凭啥他们比我过得好,有老婆孩子,就我没有?老子也是天不怕、地不怕的,有手有脚,为啥年年累死,年年穷?连个老婆也讨不上?这穷日子老子受够了,我死谁也别想活!"身绑炸药的疯子涨红了脸,扯着嗓子吼。

"别激动啊,别激动,听我慢慢说,咱俩好好拉呱。你看,咱俩多像,同病相怜啊。话说回来,你比我强太多了。你孬好有健全的腿,可以自由走路。你有地,可以耕种,养活自己,我呢,还得伸手问别人要,人家施舍才行。老婆,慢慢干,总会娶到的,我呢,是没希望了。老弟,你看我说得在理不?"

那人翻眼瞅了一眼王柱,没吭气。

"其实,人啊,活着是最难的,一天不土里刨食,一天就难过,要是猫啊狗啊的就好了。我说老弟,有烟没,

妈妈的味道

给根，烟瘾上来了，你说我这穷要饭的，反而好这一口，不是遭罪吗？"王柱试探着往那人跟前走。那人从兜里掏出烟，自己点了一根，递给王柱一根。

"真是万分感谢老弟啊，火，火，嘿嘿，我这要饭的没火。"

"你还不如去死，给！"身绑炸药的疯子把打火机递了过来。

王柱接过打火机就扔到了最远的地方，"上来吧，我们到外边去。"说完，他一把背起疯子就跑。

疯子紧紧掐住王柱的脖子，胁迫王柱停下。王柱边跑边咬疯子的胳膊，嘴里还大喊："让开，大家快让开！"

跑到学校大门时，疯子从王柱的身上掉下来。王柱又拖又拽把他弄出校门。派出所的人手持盾牌也跟了出来。门口是公路，人来车往的。王柱狠狠心，又把疯子拉上背，跑了起来。

跑着，跑着，王柱听到一声巨响，然后他就和空气融为一体了。

疯子用他嘴上的烟，点燃了绑着的炸药。路上一个行人受伤。学校安然无恙。

梧桐镇为王柱开了追悼会，全镇人民向王柱学习，学习他临危不惧、勇于担当的英雄气概。

梧桐镇开完追悼会的晚上，又连夜召开了另一场会议，如何帮助脱贫，不让这样的惨剧发生，杜绝后患才是当务之急。

王大爷是这些措施的受益人，他擦了擦眼泪说："柱

第六章　印记留存

是个好孩子，我捡到他时，小胳膊小腿的，我一口饭、一口饭喂大的。"

"他，不是您亲生的？"

"我年轻时，穷，娶不上媳妇。捡了柱这个孩子，我也满足了。想着养儿留防老，没承想，他比我走得早，这老啊，还是政府养了。"

李大刚想起上届镇长对他的嘱托。每年的大年夜都要到王大爷家过，这个镇长不是好当的，还要亲手为王大爷做上一顿年夜饭。这个习惯延续了十五年，不能在他这儿断了。是啊，老人要的不仅仅是钱，还有亲人的温暖和关怀。

消失的职业

我在遥望，大街之上，人来人往，你拎包来，我抢钱，一片和谐，一片苍茫……

S城以治安差而臭名昭著。现在更是臭上加臭。

先前臭吧，主要是哪些职业小偷造成的。小偷们形成了自己的气候和圈子，胆大妄为那是前所未有的。大白天，拎包，抢手机，你胆敢追，他口袋里亮出匕首的一角，眼神示意你，敢追，试试？但凡接到此眼神的主儿只好自认倒霉，内心哭喊着看小偷大模大样而去。s城的小偷，警察也围堵过，放出去之后还是嚣张，他们

妈妈的味道

犯的不是死罪，不至于坐牢。教育不管事，小偷说了没房没地没工作，不偷不抢喝西北风去？

那年的9月，s城陷入了前所未有的慌乱。一辆行驶中的公交车燃起了熊熊大火，车上的人砸碎玻璃跳下车，发现一伙穿着黑衣服的人挥舞着长刀到处砍人。不明所以的城民以为是拍电视，直到自己身上挨了实实在在的一刀，才放弃趁机出名的幻想，赶快躺在地上装死。装死的这位看黑衣服的人追赶前边的人去了，连滚打爬地窜进路边的饭店。里面早就挤满了避难的路人，黑压压有两百号人。饭店老板娘早已报了警，警察已经出动，还给受伤的这位叫了120救护车。

出警的警察拿着警棍站在街上，不动，他们接到城长的命令，只站岗，不抵抗。路上哭喊震天，一位警察忍不住愤怒，冲进厮杀的人群，给黑衣人乱刀砍死，还泼上了汽油，点着了火。

这一日，被称作9.5事件，成了纪念日。那是很多人用生命做奠基，被人铭记于心。

每年的9月，黑衣人总想重燃那年的辉煌，那年的痛快淋漓。每年的9月，S城都紧急备战，招兵、发枪、限行、查岗、戒严。就这样也挡不住城西砍人了，城东爆炸了。人人生活在恐惧中，头发都快熬秃了，小孩吓得都不长个子了。城民过了几年惊恐的日子，不愿意了。每年花费巨资，挡不住几名黑衣分子是何道理。

城民自发走上街头，抗议城主的不作为，要求城主下台，换人，还城民一个平安的城。哪怕是小偷横行，

第六章　印记留存

也比杀人强。城民甚至怀念起小偷横行的日子，为此，有位诗人写了首打油诗：

我在遥望，大街之上，人来人往，你拎包来，我抢钱，一片和谐，一片苍茫……

城主在一年的城民游行示威抗议下，灰溜溜到彼得城修身养性去了。城主走后，有小道消息称：城主在9月5日之前收到一笔巨款，一位有名的女人送他的，说是那一天，她要做点什么，让城主管住自己的警察就好。

新城主上任后，黑衣人又实施了几起爆炸、砍人事件，说是给新城主点颜色看看。新城主早就给警察配备了真枪实弹，发现黑衣分子立毙，不承担刑事责任，还有奖励。

黑衣分子每次挑起事端都有来无回心生恐惧。无奈女主人给了更多的奖励，这让黑衣人又一次偷偷潜入了S城。这次他们刚亮出砍刀，呼啦啦冒出成千上万手舞板凳、树棒的城民，他们欢叫着、呐喊着把黑衣人砸在地上，起不来。倒在地上的黑衣人死时才听明白，打死一个黑衣人，城主奖励一百万。很多人放弃了工作，在各个地段蹲点，全天候等着他们。那些警察都回去休息了，他们劳累了9年，也该好好休息了。怪不得路上一个警察也没见到。黑衣人闭上眼骂了声：囊死给。

S城又恢复了安宁，只是街上没了小偷。有人好奇地人问一名专业小偷，咋不上街耍手艺了。

小偷白了那人一眼，想坑死老子，囊死给，出去人家都不喊抓小偷，都改成抓黑衣人了。S城人太坏了，

妈妈的味道

我得去上班了，兄弟。

漫河岸边西瓜情

她见到王老汉就哭了起来："老倔头，你对得起谁啊，西瓜不舍得给人吃，技术不给人传，你今天差点葬送了我的瓜娃，你要那么多钱好干啥……"

王老汉种西瓜有一手。别人家的瓜瓤沙甜，个头却不均匀，有的还歪腚。王老汉的西瓜不但沙瓤甘甜，还个个长得匀称，每一个西瓜都长得极像，体重就像事先商量好的。

漫河两岸的人，谁不想学王老汉种瓜啊。王老汉人倔，对人不搭理。连地里都不给你进。每年西瓜上市，总是他家的西瓜抢购一空，才轮到别家的西瓜上市。瓜农们又羡慕又嫉妒又无可奈何。

王老汉的儿媳预产期正是下瓜的时候。温州的客商已经把王老汉五十亩西瓜预定了。西瓜必须在成熟期间全部卖完，时间久了，那种沙甜会减半，后期还会有熟过火的现象，吃起来就倒胃口了，大家伙都明白这个理。

四邻八乡都想给王老汉当短工，顺便学点技术，哪怕是看一眼满地的双胞胎西瓜也是饱眼福的享受。车队一进瓜地，大家伙就拎着袋子、篮子自觉来帮工了。

王老汉的老婆和儿媳翠花照例在家里烧水、做饭，

第六章　印记留存

一趟趟往地里送水。装西瓜总要炸口吧，王老汉的西瓜就等着装车，怎么折腾都不破，这让装车的瓜农很是气愤与服气，天干人渴，只能不停地喝茶叶水。王老汉说了，他家的茶叶水是上好的竹叶青精心炮制，还加了冰糖的，又甜又解渴。帮工喝着茶叶水对王老汉直翻白眼。

王老汉的老婆又来送上好的竹叶青加冰糖的茶水，刚到地头，茶壶就掉到了地面，她的身子晃了几晃，竟站立不稳，一名帮工，赶快上前扶住了她。老婆子无力地软了下去。帮工吓得大喊起来。背西瓜的、装车的帮工纷纷跑了过来。

本庄的王二一看老婆子的脸色，就知道中暑了，他取出银针，往老婆子虎口上刺了几针，挤出些黑血，老婆子的脸色才慢慢缓过来。

王老汉赶到时，看到老婆子正躺在帮工的怀里，帮工坐在地面，大汗淋漓，脸热得通红。老婆子看到王老汉无力地指指西瓜。王老汉明白，老婆子是让他放开，让帮工吃西瓜解渴。王老汉倔啊，他过来扶起老婆子说，咱回家歇着去。王老汉拉了几次老婆子都没成功。他想让大伙儿赶快把货车装满，好坐车到县城给老婆子看病。所有的货车两边都码满西瓜，一时半会是装不好的。王老汉急得团团转，货车司机说不行，就把周边的西瓜挪走，给货车腾路。王老汉害怕腾地方把西瓜碰破，急急摇手。他又跑到老婆子跟前，试图背起老婆子，因为自己又矮又瘦，试了几次都徒劳地放下。

王二开口了："叔，不行，我们几个人把婶送回家

173

妈妈的味道

吧。"王老汉看着躺在帮工怀里的老婆子，又看看手捏银针的王二，只好说："回吧。"

王老汉父子送走车队，赶回家时，家里冷锅冷灶，人影也不见一个。他们急了，跑到邻居家才知道，翠花临盆，已经送到了医院。二人急慌慌赶到医院。看到老婆子正在输液，她见到王老汉就哭了起来："老倔头，你对得起谁啊，西瓜不舍得给人吃，技术不给人传，你今天差点葬送了我的瓜娃，你要那么多钱好干啥……"

王老汉一听就急了："瓜娃，啥意思？"老婆子手往妇产科一指："老不死的，要不是乡亲帮忙把我和翠花送到医院，你说，你们还能见到谁，这不，咱家的瓜娃也来了，多亏他们啊！就你爷俩满心眼都是钱，没有人情味！"

二人挤进妇产科病房，看到翠花身边躺着一个粉嫩的小生命。

瓜娃满月的时候，王老汉请了四邻八乡的瓜农，那天他开始了第一次西瓜培训，无偿提供西瓜栽培技术，还组织了合作社，带动大家共同致富。那天他们有了共同的心愿，组织漫河两岸的瓜农齐心协力做大做强漫河西瓜，树立漫河西瓜文化品牌，让漫河的西瓜像新疆的哈密瓜一样走出漫河、走出中国、走向世界！

那天，瓜娃笑了，大家伙都跟着幸福地笑了，就连漫河的水也比往日流的畅快，像哼唱一首希望的歌……

第七章　一起走过的日子

　　进入一座城市，一开始是排斥的，是不承认属于这座城市的。十年、二十年之后，笔端会不由自主地倾泻这座城市的点点滴滴，直到，全心地为这座城市抒写。三十年以后，整个人也融入了这座当初全心全意抵触的城市，记录和城市一起走过的日子。

雨花石

　　她叹了口气说，我专门给你挑的两种，想让你穿成手链戴在手上。你知道吧，为了给你买雨花石，我每天晚上还要去学校门外的超市兼职一小时卖水果，一小时十元钱。

　　我是一颗小小的石头，深深地埋在泥土之中。

——歌曲《雨花石》

妈妈的味道

茶几上摆着五颜六色的雨花石，围观的朋友啧啧称赞，说比和田的玉石还要美，美得让人不敢相信这是石头。一块小小的石头里竟然会环环相扣世界上最纯粹的颜色，一圈一个颜色，一圈的颜色和另一圈的颜色不相干，又紧密地团结成一块石头。惊叹于大自然的神奇，更敬畏上天的恩赐，让我在遥远的地域亲近繁华都市的雨花石，让我对南京古城充满了幻想。

雨花石是丫头从南京快递过来的。

丫头是我小学同学，喜欢留短发，明明是美女，偏要整成男孩的样子，行动都带着男孩的霸气。我们还在求学的时候，十八岁的她就嫁人了。她嫁的男人在村里开诊所，是土医生，父亲早逝，当妈的是万分疼儿子的，如果不是亲眼看到，你会以为那是瞎编——当然，也早有人编过了，我再来亲临版的。这位婆婆，容不得儿子和媳妇亲热。本来儿子结婚盖好了婚房，她和小儿子住在老房子里。哪知道这老妖婆不知道哪颗爱心泛滥，竟然在儿子的婚房里支了张小床，日夜监视着两人的动静。熄灯的时候，丫头最害怕对面床上那双虎视眈眈的眼睛。

在婆婆的严密监视下，丫头还是怀孕了。儿子害羞地对妈说了。婆婆说，这孩子来路不明，不是她楚家的。看丫头的眼神就含了令人胆战的光。

这是二十多年前的事了，有点遥远，又仿佛就在昨天。站在今天的时间点，我陪着二十多年前的丫头步行十几里路到蒙城，找了个土诊所，打了胎。打完胎，又步行二十里路回了娘家，一路上，丫头流着眼泪，蒙城

第七章　一起走过的日子

的野风吹动着她的短发,她长着红记的手,插在裤兜里,任眼泪奔流。我多想,多想陪她一路,为她拭去伤痛,我们竟然相隔了二十多年,站在时间的尽头,看她走了二十里路没有一辆车能搭载她疲惫的身躯。

十八岁的丫头就这样结束了第一次婚姻。

为了还人家的彩礼,丫头又嫁到了南京。那家人据说开皮鞋厂。对于皮鞋我们是很向往的,那时我们穿的最阔气的鞋是回力牌球鞋,皮鞋还没沾过脚。那家人一年赚的钱,我们小脑子是无法估量的,反正一下子,丫头就掉进了福窝窝,和我们拉开了距离,消失在南京那神秘的洪流中。

去年,我们联系上了,电话里分辨不出乡音了。她对我说,男人只是在皮鞋厂给他姐打工的,害怕人小看他,就说自己开的厂子。厂子早就倒闭了。他们在南京最先拆楼房,男人站在楼上腿软、头晕、呕吐。拆楼房干不成,她就把老家的二姐、小哥叫来接着干。男人跟着别人装修房子,她自己到财经大学当了一名洗碗工。现在,她二姐在南京楼房有三套,杭州一套,现金上千万。她说,二姐那些钱本该是我的,如果我老公没有恐高症,也不至于在大学里给人洗碗拖地。

我说,你问二姐借点钱,开个店呗。

她说,人家有钱人,想帮助你还用开口!算了,这样很满足了,闲不住就行了。我想象不出,一家三口,分在三个地方,一年团聚一次,这是家吗?

丫头又打来电话问我喜欢那些雨花石吗?

妈妈的味道

我说喜欢那种不打眼的，打眼的不喜欢。她叹了口气说，我专门给你挑的两种，想让你穿成手链戴在手上。你知道吧，为了给你买雨花石，每天晚上还要去学校门外的超市兼职一小时卖水果，一小时十元钱。

放下电话，我恨自己为什么说喜欢雨花石呢？她在南京，分别了这么久，不说雨花石，还能说什么？

一个人，一座城

原来，离开了故土，融入了一座城，却带着那么多城的关注和牵挂。生活原本就是情与情的组合，爱与爱的叠加。一个人，一座城，一生的爱，一世的温情组成了一个人的一生，也成就了一座城的繁荣。

在我的心里 / 在你的眼里 / 那里春风沉醉 / 那里绿草如茵

——引自《伏加尔湖畔》

时光可以改变一切，一个人，一座城，一棵树，一株草，一条路的走向。一条河的干枯荣辱，牵挂着沿河居住的所有生命。四棵树河畔的红柳一年四季守护着这条多变的河流，坚定不移。我在红柳飘艳的午后，走进红柳林，拍了几张照片发在微信里。西安的同学马上打来电话说，你那儿真美，等我退休了，一定去你那儿看看红柳，爬爬雪山，光脚在沙漠里走走。对了，你做饭

第七章 一起走过的日子

是在屋子里升起一大堆火，中间架口锅吗？我很诧异，问她怎么会有奇怪的想法。她说，自从你去新疆之后，我最喜欢看新疆的新闻，看那儿瓜果飘香，人住在蒙古包里，出门骑着马，你知道吗，我以为你也骑马出门的。我告诉她，我用的是液化气，最近正在引进天然气，过不久就可以用上天然气了。我还对她讲，我住的房子是楼房，蒙古包是旅游景点，牧民游牧用的，马儿我也想骑的，就是没有机会呢。不过，你来了，我会带你找到可骑的马，就是别等退休了，老胳膊老腿，能爬上马背就不容易了。

夏天的时候，到天山避暑，我又把白皑皑的雪峰传到了微博。安徽的同学马上打来电话说，明年就携带朋友到新疆看我，顺便开车带我走遍南北疆。她还说，她开车的技术一流，我大可放心。还说想我二十年了，终于找到我，再不见面，等老了，见了面，曾经的美好害怕一去不返，一定要在我们还不老的时候聚聚。她说知道你在乌苏后，就查了纸质地图、电子地图、卫星地图，能找的资料都找了，还计划好了带几位朋友，到哪些地方游玩。她说，本来计划到韩国去的，找到你，就直奔你去了。我说，我会在这等你，等你们的到来，等坐你的车，享受旅游的快乐，更重要的是，谢谢你还记得我。放下电话，眼泪竟然滑落。

秋天的时候，我拍了金黄的杨树发在QQ群里。写文的网友立马围观，说梦啊，原来你生活在梦幻的地方，怪不得文写那么美。一位文友留言：有这样广袤的天空，

妈妈的味道

有这样洁净的云，孕育的人儿一定是纤尘不染的精灵。难怪你的文字有一种博大和深邃。送给我书的文友说，今年到那儿投奔你了，跟着你去欣赏黄叶，吃葡萄、哈密瓜。她说去年才去过美国，下半年去的西藏，今儿看了我发的照片，就想立马来新疆。我说，亲爱的，马上白雪皑皑了，还是夏季来这避暑吧，我全程接待，保证你回去之后，出本新疆美景旅游见闻录，图文并茂。我们在群里抱了又抱，为即将到来的激情燃烧。

大雪飘飘的时候，猫在屋里码字。早上电话响了，接了电话，四爷在电话那端对我说：孩子，昨晚看天气预报，你那有大雪，你要穿厚点。昨晚想给你打电话的，你小姑说，我们这有时差，害怕你睡觉，影响你休息，忍了一晚上，想你现在该起来了，打个电话问问。我说，四爷，我这儿天还没亮，晚上比咱老家黑得晚，时差两个小时。而且，这儿屋里有暖气，下大雪也不怕冷。四爷您放心。四爷说，我怎么能放心得下，我的孩子一走20年，见不到面，每晚我们守着电视，守着新闻，生怕你有什么闪失，下大雪了，刮沙尘暴了，我们的心都揪着。

我握着电话，抽噎着说不出话。

原来，离开了故土，融入了一座城，却带着那么多城的关注和牵挂。生活原本就是情与情的组合，爱与爱的叠加。一个人，一座城，一生的爱，一世的温情组成了一个人的一生，也成就了一座城的繁荣。

▶ 第七章　一起走过的日子

时光抚摸的城市

夜不再静，它常常想起那些战马，那些路过的人，逝去的事，它道不出，唱不出，只有在心里一圈圈记忆，一圈圈成为时光之书。

书是可以诱惑人的，尤其喜欢诱惑求知欲、探索欲强的少年。还是少年的我，有幸读到了《白发魔女传》，对那个终年积雪的天山产生了好奇，我沿着书中的描写，找到了迪化（今儿的乌鲁木齐），又找到了艾比湖。迪化和艾比湖还是《玉娇龙》故事的发生地，这段距离让年少的我产生了很多幻想，甚至想跃上马背，投入到轰轰烈烈的江湖中去，对那儿的向往随着武侠书籍的深入更加强烈、寝食难安。

那一年，我来了，到了迪化和艾比湖中间的位置。仰头就可以看到天山。早上，天山上积雪发着洁白的光，是那么近，那么迷人。我一度幻想，白发魔女一定还在哪座冰宫里，等着心上人的到来。后来我又开始查阅资料，从迪化到艾比湖要经过一个重镇，那个重镇也是军事要地，我猜一定是我所居住的库尔喀喇乌苏，现在叫乌苏。是的，冥冥之中，总有那么多难以解说的注定。现在知道那一切都是写书人塑造的人物故事，我还是执着地认定，天山深处住着执天山剑的侠客，艾比湖边有

妈妈的味道

玉娇龙和罗小虎牧羊、遛马。

《乌苏县志》上记载林则徐的日记：（道光二十二年十月）二十四日，己亥，晴。黎明行，沿途空旷无人，与前戈壁等。三十里有一人家，无地名，又二十里为四十里井，有店两家，在此做饭而食。此地为绥来地界，过此隶喀喇乌苏之粮员管辖矣。喀喇乌苏有土城，驻领队大臣德，赴红庙未回，遣人来迎，并送席。林大人到这儿受到了隆重接待，还修家书一封，托凉州镇寄西安，并复惠都护，长镇军信，俱由军台递去。我为什么独独对林大人如此关注呢？1998年我到广州去，途经虎门，看到林则徐的肖像，还有即将销毁的烟枪。当我看到林大人竟然记下了乌苏的点点滴滴时，立刻觉得生活在这个地方是那么神圣、那么庄严。林大人就是正义的化身呐！我经常想找点证据，找到林大人说的那堵城墙、那座庙宇。直到在人民医院外的公园里，发现一棵古树，上面标注年月。我想，这是不是林大人曾经抚摸过的小树呢？我情愿这样想，这样认为，为自己那小小的庄严，还有大大的神圣。

如今的乌苏已经是繁花似锦，人流如织了。林大人笔下的景物随着时代消失了，留下的是厚重的历史和文化。远处的天山依然庇佑山下的生灵，千年不变。那棵古树和天山遥遥相对，见证城市的发展和繁荣，成为一座城的坐标。

一座城，需要见证者，需要传颂者，它是时光隧道中留下的精灵，守着一座城市的繁荣。东来的风，西来

第七章　一起走过的日子

的雨，繁星闪烁的夜空和城市里的路灯交相辉映，往来的车流人流使它目不暇接。它见证乌苏的最初，见证乌苏的传奇，见证乌苏的成长与丰腴。

夜不再静，它常常想起那些战马，那些路过的人，逝去的事，它道不出，唱不出，只有在心里一圈圈记忆，一圈圈成为时光之书。

走进库车

这个嘛，米特尔喀瓦甫，别人家的，用无烟煤烤的，我的嘛，用梭梭，你懂的，环保、无害的。说完他两手一摊哈哈笑起来。

每年的暑假，我都会带上老婆孩子在疆内旅游。今天孩子们提议到南疆的库车去看看天山大峡谷，他们学到了龟兹文化，想亲身体验一下那里的文化氛围。一路上，儿子给我们讲古龟兹是怎样成为横跨欧亚大陆桥梁的，还对我说，从龟兹文化中可以看到地中海文明、南亚次大陆文明、西河流域文明、黄河长江流域文明的影子。我忍不住插嘴道，小子，古时候的新疆可没有汽车、火车、飞机啊，哪来那么多文明，你就可着劲儿吹，反正老爸也没上过几天学。

老爸，这你就不懂了吧。女儿接过话茬，您如果不信，可以带我们去看龟兹石窟啊，那里可是留有当时最

妈妈的味道

辉煌的印迹呢，这是您改变不了的。受到他俩的攻击，我只好住嘴，一心开好自己的车。中午时分，我们赶到了库车县城，看到了平生见过的最大的馕，我们买了一个，儿子顶在头上，说既可以遮阳、挡雨，又直接地闻到馕的香味，饿了咬上一口，不影响当伞用。店主看儿子这么滑稽，盛情地邀请我们进屋用餐。香浓的奶茶倒进了茶碗。店主又用不太流利的汉语比画说来几串"米特尔喀瓦甫"。我们不知道是什么好吃的，跟店主出去，只见到一个巨型的炉子上摆着很多巨型的羊肉串，来时人多，没看到。他们都在排队等着。老板又比划着说，这个嘛，米特尔喀瓦甫，别人家的，用无烟煤烤的，我的嘛，用梭梭，你懂的，环保、无害的。说完他两手一摊哈哈笑起来。老板，你是好人，我要4串，尝尝，下次我还来。老板哈哈地笑着，等着，一会上。果真一会儿，四串油光焦黄，冒着热气、一米多长的羊肉串香喷喷地握在了我们手里。儿子说这是我这么多年吃的最美味解馋的烤肉，还有最长、肉最多的烤肉。

　　吃饱喝足，我们就到了农贸市场。看到库车的核桃、大枣，还有香梨、白杏、香瓜，各样都买些，留路上渴了吃。购完物，四处转悠时看到一群人围在一起，鼓乐声声，挤进去一看，哇跳舞的，跳的啥，俺也看不懂，我示意出去，孩子们不同意。女儿说，这恐怕就是龟兹乐舞吧。儿子接过来说，龟兹乐舞代表着当时西域文化艺术的最高成就，风靡一时呢。东传到朝鲜半岛和日本。我诧异地盯着儿子看，你怎么啥都知道？老师教我们的

第七章 一起走过的日子

呗,儿子自豪地挺挺胸,谁像你,看也看不懂,只能看个热闹。他还不屑地回了我一句。我心里暗自高兴,这俩孩子,学没白上啊,比我强。离开热闹迷人的库车县城,等我们赶到天山大峡谷,天已经黑了,便找个旅店住了一晚。

第二天早上,我们吃过饭,带着必用品跟着导游进入天山大峡谷谷底,进到底部,温差更大,幸亏早上冷我们穿得厚。早晨的阳光照进谷底,红褐色的石壁散发着火焰般的色彩,让人以为着火了,怪石林立,很是神秘。孩子们让我给他们照相留念。我也借这红红的光,和老婆合了影。我们穿过南天门,经过幽灵谷谷底,有的地方是碎石子,有的地方是细沙,还有的地方有薄薄的水,小蚂蚁在水边忙碌着。小鸟围在水边叽叽喳喳唱歌,看到我们后,优雅地浅飞,停在我们前边,好像我们的向导。孩子们捡了好多彩色的石头,一路上好像发现了新大陆,看到一个更漂亮的就把前边捡的依依不舍地放下。谷底的红色越来越艳,笼罩着谷底行走的我们,犹如进入人间仙境,让我产生了错觉,不知道我们生活在古代呢,还是现代。

导游说,距谷口一公里处的山崖有一处唐代的石窟,去不去。孩子们说去。老婆说她走不动了,让我们自己去。她爬上一处石壁,说,我在这等你们,回来时别忘了叫我,先躺下当回神仙吧。

我们沿着石阶爬到了唐代的石窟,洞内很小,我先进去,看到石壁上有残存的壁画,因为年代久远,损失

妈妈的味道

严重。有些画面还是依稀可辨的。儿子用手触摸着石壁上的汉文字，说，老爸，我感觉到和古人有了直接的对话，他们想要表达的文化需要我们一代一代地传承，发扬光大。

女儿说，面对残存的壁画，我仿佛站在了文明的源头，见证了古印度、希腊、罗马、汉唐四大文明在这交汇的辉煌盛况！

花开花落

这么多年过去，我才醒悟过来，那根木头以收购棉花的借口等在那儿，男人女人小孩都放过去了，唯有此人不给通过，木头就是风派来的复仇使者，其他人只是偶然，和风无关，和木头也无关。

时间过得越来越快了，现在我已经很清楚地看到很多人的下场，精确地说看到了他们是怎么死的。他们不知道怎么就结束了世界上最后的旅行，被亲人以各种方式掩埋。死后，他们不再在人间出现，但会以不同的方式在亲人的梦中出现。偶尔，他们也会出现在陌生人的梦里，陌生人不知道他已经死亡并不知道害怕。亲人却不同了，梦到逝去的人醒来会有各种猜测，最后去十字路口或者坟头烧一把纸念叨几句，安抚扰梦的灵魂。

刚到新疆那会儿，风还很嚣张，总会在人脸上割来

第七章　一起走过的日子

割去，割出很多小裂口还不罢休，还要招引来废纸片、草棒子、沙子企图掩埋人类。人躲在屋子里，暖和着呢，风气得不行，利用电线杆朝天的嘴巴，尖利地一夜一夜吼叫，吼久了，有些人脾气就大了起来。为了抗击风的怒吼，有人晚上喝几口乌苏啤酒，跟跄几下脚步，拾起遍地的石头，靠，你家灯亮，贼亮是不？我就不让你显摆，啪过去，哗啦一声玻璃碎了，然后屋子里黑暗了，没人吭气。砸的人还要站在那家人院门前，大声把他祖宗十八代骂一遍，然后迅速跑回家偷笑，或者跟几个朋友结伙再去砸下一家，听玻璃在风中破裂的巨响，那一瞬，风逊色多了。或者，买一盘几万响的鞭炮，逢集的时候，哪儿人多哪儿放，炸得那些人四散而逃。一起逃跑的还有嚣张的风，它也惧怕那连绵不断的爆炸声。

和风抗争的是年轻的小伙子，长得壮实、漂亮，对，那时候还叫漂亮，不叫帅。漂亮小伙终于干过了风，压住了风的嚣张，自己却被风纠缠，嚣张起来。他娶了个高大的老婆，打扮得很精致，在满是沙土的路上踩着高跟鞋。

踩到秋天的时候，他就完蛋了。那时候棉花收购不允许卖到外地，各个路口都设有卡子，不是把路挖断就是拦上各种障碍物，不允许各种拉棉花的车辆通过。他在一个月黑风高夜骑着摩托车一路前行，那时大部分人还很穷，距今有二十年了，能买得起摩托的没几人，他经过障碍物的时候，脑袋撞到那根木头上，当场毙命。然后他就被人埋在了戈壁滩，一堆小小的土成了他的新

妈妈的味道

家，好像一个人很随意地挖了几锹土，撂在那儿，不知情的人谁也不会想到一个嚣张跋扈的有钱人躺在这土下。这么多年过去，我才醒悟过来，那根木头以收购棉花的借口等在那儿，男人女人小孩都放过去了，唯有此人不给通过，它其实就是风派来的复仇使者，其他人只是偶然，和风无关，和木头也无关。

之后的日子，他漂亮的老婆跟一个照相的小伙好上了。

日子过得真快，漂亮女人不见了，照相的不见了，就连当初的房子也不见了，那段土疙瘩路也铺上了柏油。只有我在，在默默地记录生活，记录哪些人走了，哪些人还在。还有那戈壁滩下的他也在，虽然风早就扫平了那几锹土，草也占据了那块地。那是一块石头加点沙子的荒地，下一场雨，会有零星的绿点缀其中，洼地儿草茂密一些，细细看，也有不知名的花儿开放。这儿埋着全镇的死亡人口，密密麻麻绵延四公里，宽度一直达到四棵树河畔。四棵树河以前水流很急，两岸生长着密密麻麻的红柳。红柳林里有肉苁蓉和锁阳，不过一般人不敢进去找寻。也是1995年前后，那时我到新疆不久，派出所的警员穿着制服，拿着一张照片，让我们一个个辨认，说见过这个人没，认识这个人吗？我看到一个男人泡胖的脸，头发往上，随水流而动，分明是在水里拍的，我"啊"地大叫一声，从此心里落下了阴影。那是我唯一的一次手拿一个陌生死人的照片，看到那么一张恐怖的脸。以后死人成了常态，派出所的警员也没工夫满大

第七章　一起走过的日子

街满店铺核实死人了。那个水里的死人最后也不知道是谁，被就地掩埋在红柳林里。他可能知道自己成了无名无氏的人，把所有的人吓一吓，然后无辜地躺在那儿，让活着的人忐忑不安，不会因为时间的流逝而将他遗忘。

其实这个人有福的，埋在连绵四公里有头有脸有人惦念的死人的墓地成了抢手货，一夜之间建了棉花加工厂、砂石料厂、西红柿加工厂、纺织厂，还有不建厂，圈地的，围墙一拉，这儿就是有主的了。那些人是如何占领墓地的，卖墓地的钱去了哪儿都不是普通人能够了解的。反正，那个人安稳地躺在红柳林里，看花开花落，看河水慢慢干涸。

风停了

如今男孩走了，院子走了，大黄狗走了，大门走了，门垛走了，一切的一切都走了，仿佛这一切都只是为了送行，完成这一个过程。

到新疆之后第一次知道死亡是多么的可怕，死亡不会因为人未老就忽略一个人，也不会因为人仗着年轻力壮而放过这个人。死亡是隐蔽的，蹲在暗处，无处不在，时刻等着对一切下手。

我怕黑暗，尤其害怕市场门垛子。那两个大门垛子没什么稀奇，白天看它就是很普通的红砖头塞上点泥

妈妈的味道

巴垒成的，上面塞上钢筋，夹了两扇铁条大门。这两扇大门因为人来人往一直没有机会合上。春天的晚上，刮风，似乎成了惯例，不刮大风就不是夜晚。风很大，估计有七到八级，刮得大门咣当、咣当响，沙子满天飞，空气中包含着千百种味道，还有千百种不明物体。出去解手，风把人送得很快，哧溜、哧溜一阵子就跑到了公厕，你不跑都不行。我们在风中戏谑地称呼这是做好事的风。回去的时候，风可没这么客气了，迷住眼睛不说，还使劲扯人的头发、衣服，把人往后拉，让人走半步，退三步，最后还得躲进公厕里。公厕不是冲水的那种，长年累月的粪便堆积在两人深的大坑里，味道没有定力是不能抵抗的。那么开走吧，迎着风，张大嘴巴，眯着眼睛，偶然的废品飞进嘴里，歪歪头风自会带走，沙子进入嘴里也不可怕，回去漱口就行了。要想挣脱风的挽留必须张开双臂拥抱它，风感受到人的拥抱会一点点放开，半步放宽到大半步，然后整步，然后抱住一棵树，防止风使坏把人刮走，就这样，快跑几步抱住一棵树，抱到八十八棵树就到了大门不远了。千万别朝那儿看，阴气重的时候，一不小心会看见其中一个垛子上挂着一个人。如果再来一股风，沙子迷住眼，再睁开，就只有飞舞的树叶和风纠缠的纸片，大门垛在风中纹丝不动，哪有什么人！啊，不对啊，风发出的声音咋那么奇怪，那么尖锐，像愤怒的怪兽，撕扯巨大的天幕。天呐，分明一个人影在空中飞了过来，啪的一下，贴在脸上，那一刻心跳骤然停止，听到自己发出的尖叫，风也拦不住，

第七章　一起走过的日子

一溜烟穿进屋里，瘫了。

天亮的时候一切都归于平静，风啊，草啊，柴火啊，一股脑都不见了，除了空气中残留的土腥味，抬头看天，那么无辜的蓝，蓝得像大海，像白种人的眼睛。天空是那么高远，一片云也没有，一只老麻雀飞过去，站在铁门上叽叽喳喳，另一只老麻雀也飞了过去，两只鸟情投意合地对起了山歌。土路上寻不到一根柴火，一片纸，低头沉思，仿佛昨夜没有起风，没有惊吓，只是，心里分明还在害怕那个门垛。

那个门垛有什么稀奇的，有什么可怕的，就是几百块红砖加点泥巴或者水泥的混合物，人工码上去的，不值得大惊小怪。但是，很多人都害怕，走在那个地儿，后背都要发凉，汗毛竖立。

归根结底就是吊死了一个人，一个没有成年的男孩子。有的人说是孩子挨了打，不想活了，上吊死了。更多的人说，是他爸爸失手打死，害怕负法律责任故意挂在那儿，伪造的现场。不管怎么说，那孩子挂在那儿一夜，等早上发现时，已经完了。风就是从那时候开始刮的。好的时候刮一夜，不好的时候刮三天三夜。刮风又能解决什么问题呢，他又不能复活，谁也不能了解他的真正死因。他的父亲，那位长着绵羊尾巴屁股的，肥胖的父亲，也死了。门垛早就不见了，他家的老房子也不见了。现在那儿盖了三层楼，开着超市，地皮都易了主。那家人自从孩子死，家道一直败落，一直没有转机，家里的兄弟姐妹也好像人间蒸发了，不知到哪儿发财了。

妈妈的味道

那位父亲是蒙古人，长着宽大的肥胖身板，胖到什么地步呢，布匹的宽度不够他的两条腿，要两块布的宽度才够他一条裤子。他又是特别小气的人，老是让老板想办法省布料，哪怕是裤裆里加块布也行。老板说，那样肥的裤子，腿又短，再加块布，不就是大尾巴羊吗！他油腻宽大的脸上显出乐呵呵的笑容说，我本来就是大尾巴的绵羊屁股，你给我盖住就行了，别让尾巴露外头，露出来就不好看了。他一个月就要做一条裤子，每次进门都吆喝着说，大尾巴绵羊来了，来盖屁股了。他实在是一个开朗幽默健硕的老头。这样的人从来不提及哀伤，直到他离开人世，都是那么乐观。

他的老婆，一位回族老婆婆，戴着黑色的头巾隐没在黑暗的角落做乃麻子，很少跟人说句话，很少有人能看到她的脸。听说她娘家很有钱，蒙古男人是因为贪图她家富有，娶了她，置了产业。

如今，产业没了，人也没了，只有她还在年复一年日复一日在黑暗中祈祷，做乃麻子是她毕生的修行。

谁又能保证，那块堆满各种货物的大院子，院子里拴着一条大黄狗。再走进去，是摆满货物的店铺，那里生活的一家人，女的俊，男的也俊，不是为了一个挂在大门垛上的男孩而存在。就连他家紧挨的大门，就装上的那天合到了一起，剩下的时间都是在各自的地盘摇摆，招摇。那两个大门垛子，除了给两扇门立了脚，再就是吊了个死人，让人害怕，不敢直视。如今男孩走了，院子走了，大黄狗走了，大门走了，门垛走了，一切的一

第七章　一起走过的日子

切都走了。仿佛这一切都只是为了送行，完成这一个过程，过后，世界变得欣欣然，就连风都温柔起来，云也白了起来，太阳也比以前亮了起来。

漂亮女人

想想我又笑了，她能认得出来，因为她一直在默默地看着我变老，无论老成哪样，相信她都会用如水的眼眸认出我，然后我用昏花的老眼偷看她，呀，依然端庄宜人、貌美如花！

漂亮女人出现的时候我都不敢直视，她不但漂亮，还气质高雅，举手投足都是那么得体，就连说话的语气和笑都是恰如其分。虽然我年方十八，在她面前觉得自己就是丑小鸭，只能在她和姑姑说话的时候，偷偷看她，一看再看，怎么也看不够。她的眼睛是好看的、鼻子是好看的、嘴巴是好看的、下巴、脑壳，就连短头发都是好看的，更别说身材和衣着了。我经常在她温柔的话语中想她怎么这么完美呢？完美就算了，还这么有钱。她每次到我们店里做衣服，总会给姑姑扯一块布料，她们穿相同的衣服，她穿起来特别好看，特别得体，不管是从前面、后面、左面、右面都看不够。虽然姑姑身材好，年龄和她相当，穿出来就没那个味了。姑姑也意识到了这一点，就对她说，以后别给我买布料了，我怎么也穿

妈妈的味道

不出你那效果，浪费。但她每次仍依旧扯两块布料，手工费还要如是付上，不收都不行。

漂亮女人是女强人，她在八队开了磨坊，农民的小麦可以拿到她那儿换面粉，她赚取加工费。她人缘好，不轻易得罪人，也不像别的有钱人狗眼看人低。她可以和农民打成一片，凡是到她的磨坊换面粉的农民都是她的朋友，她从来不觉得自己高高在上，自己是那么完美。她活得风光，这是大家伙对她的看法。

1996年的春节，姑姑回玛纳斯过年，我独自看店。漂亮女人来了，推着自行车，她从车筐里拎出两只卤熟的鸭子，三纸袋速冻饺子，那些饺子一样大，小而饱满，特别守规矩，互相不粘连。还有油炸的各种果子，油炸的鸡腿、卤肉。我告诉她，你提回去吧，姑姑回家过年了。她笑了，那么甜地笑了，这是我第一次专门学做这么多吃的，还很成功，你姑姑走了，傻丫头，你吃啊，哪能再让我带回去，是吧。这两只鸭子特别香，你自己吃吧，不给你姑姑留了。你姑姑不在了，我就是你的亲人，有事就对我说。

闻听此言我眼泪就下来了。离开家三年了，跑了万把里路到荒僻的乌苏，经受了那么多的磨难和屈辱，在我孤独的时候她竟然无意中给我这样的温暖。站在雪地里，看着她推着自行车离去。她说这么多东西，不用自行车拿不来，路上行人奇怪地看她在雪地里艰难地推自行车，遇到熟人，她都要停下来解释一番。

那两只鸭子真香，以后的日子再没吃过那么香的鸭

第七章　一起走过的日子

子，虽然我以前也没吃过。那些肉啊，统统进我的肚子了。可惜的是那些饺子，我不知道冷冻的饺子要继续冷冻，等轮到吃它们时，下到锅里，煮啊煮，煮成了面疙瘩。很多年我都想不明白，那么多小巧的饺子怎么到我手里就不听话了，紧紧地连在一起，开水也煮不开。

过完年生意是最好的，姑姑说去感谢漂亮女人的，店里太忙，怎么也离不开。4月份的晚上，漂亮女人来了，她和姑姑在后面聊天竟然哭了。问姑姑借了3千元钱。临走说，她会还的，说她不赖账。

六月份的晚上她又来了，还那3千元钱。姑姑说你用就行了，这么着急还，我又不要钱。她笑着说，真羡慕你们啊，忙点可以这么开心。

过了几天，听别人说她喝药自杀了，我身子一阵发冷，这么漂亮的女人，怎么可以死呢？像我这么丑的人才该死。姑姑放下剪刀，急急地去看漂亮女人。

过了很久姑姑才回来，说漂亮女人真的死了，静静地躺在小床上，头发一丝不乱，衣服也平展展的，是她做的那件红底白圆点的衣服，她的脸上没有痛苦好像睡着了（姑姑的那件衣服压在箱子里再没上过身，她说留作纪念）。

然后我们都哭了。我不知道那么完美的女人有什么过不去的坎，竟然喝药死了。后来流言四起，说她的丑男人买了辆挖掘机，是她磨小麦换钱买的，她没有面粉给农民，那些农民不愿意。她死后，留下欠某某面粉的账单，让她的丑男人还。有些农民拿着欠条找丑男人要

妈妈的味道

到了面粉。更多的人保持沉默，他们到街上买面粉，也不愿意到她家兑换。二十年过去了，有的人家还清楚地记得漂亮女人欠他家多少面粉，末了还要感叹一句，好女人哪，红星农场再难找到这么好的女人了。

还有个流言的版本是这样的，漂亮女人的丑男人有外遇了，竟然把那女人带回家睡觉，漂亮女人发现了，他也不管，依然我行我素。漂亮女人爱面子，害怕人笑话，自杀了。

无论是哪个版本，我都觉得不是个事，漂亮女人没钱，破产了倒是真的。因为她的磨坊卖给了别人。那家人接着开了，也没开起来，最后倒闭了。倒闭的原因不仅仅是农民不种小麦，改种棉花了。还有人说，进那磨坊心里难受，总会想到漂亮女人在那忙碌的日子。

几年前，我偶遇丑男人的最后一任老婆，她在某个家具城搞销售，为了多卖家具和我套近乎，说了她的男人是谁。我就那样看着她，定定地看着她，她身材高大，凹凸有致，留着烫卷的短发，马脸、龅牙、猪嘴头。我瞬间觉得她竟然和漂亮女人拥有一个丈夫，实在是个侮辱。又反过来想，那个丑男人也许不配拥有漂亮女人那样的好女人，活该有这样的丑女人来折磨他。我故意说，也是很恶毒地说，你比他原配差太远了！后来，她的婆婆遇到我说，你怎么那样说她呢，漂亮女人死那么多年了。我说，我说的实话，事实就是这样的。老太婆叹息一声，毕竟是死人哪！死人怎么了，不是她儿媳妇吗？不是为她添了孙子了吗，不是也好端端地活过、风

第七章　一起走过的日子

光过吗？

如今，那座庞大的磨坊还在，经过风吹日晒，它们顽强地伫立在八队的庄头，没有倒塌，没有人使用，经年累月地紧锁大门。那儿有高大、通风、成排的粮仓、加工坊、办公室、晒场，气派地围成四合院，它们明显在坚守，在等待着女主人的归来，一年一年不放弃幸。

过年的时候，老公说，漂亮女人就埋在这儿，她妹给她上坟的时候遇见了。当时，我的心猛地一抽，疼了起来。原来，过去了这么多年，我对她的怀念依旧，她深深地居住在我的心里。想想她就埋在这儿，我心里又有些安慰，这么多年过去，我从来不知道她就在这儿啊。也许我每次路过这儿，她都在这儿看着我，只是我不知道，不能体会她无言地注视。

知道她在这儿，我以后路过这片大坟场就不害怕了，毕竟她是我在异域的唯一亲人，在那些孤独需要爱的日子里，她如一道阳光，温暖了我冰冷无望的日子。

知道她在这儿，我竟然笑了，等我死的时候，我就可以和她做邻居，只是她依然美丽，我却老了，她能认出我吗？想想我又笑了，她能认得出来，因为她一直在默默地看着我变老，无论老成哪样，相信她都会用如水的眼眸认出我，然后我用昏花的老眼偷看她，呀，依然端庄宜人、貌美如花！

妈妈的味道

在苦难里享受生活

最近来了个邻居，专职卖菜，从江苏新沂而来。那人长得蛮有男人气魄，颇有徐州郎的风范，虽然他已经老得只剩下一点点余晖，但霸气依旧。他是有故事的人，遇事不躲，敢拼敢杀。

人是很难说清楚的，我一直认为相识是缘分，不管这缘分哪一天到来。哪怕是人流中那一瞥，也是芸芸众生中的必然。一个人的一生能活多久都有定数的，完好健康的家伙也会一瞬间缺胳膊少腿或者眼睛。

前几天看腾讯新闻，因为不看电视，不看报纸，天天活在精短小说里，对世事就傻了很多，每天浏览一下新闻标题成了我的习惯。

看到一亮瞎眼球的标题，标题的名字就不说了，我知道小编为了吸引眼球，把别人的伤疤揭了，揭得那么果断，不留后路，我想要是那个卖手机的家伙不是因为把人眼睛打瞎，被抓起来了，他会挂着双拐，把小编的两只眼睛打瞎，一只不给留。

中国人面对智障和身体缺陷的人是抱着看笑话、幸灾乐祸心态的。同情和怜爱都没得有，我不知道是身体缺陷的人病了，还是大家集体病了，还是这个社会孕育了这么多病人。

第七章　一起走过的日子

那个健康笑话别人身体缺陷的人一瞬间就少了一只眼睛，这是他恶语伤人后最直接的报应。从此他也步入了病人之列，从身体到身心都病了，无法根治。前一秒的得意到后一秒的失意，沦为身体残缺一族，不知道他心境如何？

其实，像他这样的小人物有这种想法的比比皆是，谁又愿意把根治社会病态的毒瘤从自身拔起呢。

最近来了个邻居，专职卖菜，从江苏新沂而来。那人长得蛮有男人气魄，颇有徐州郎的风范，虽然他已经老得只剩下一点点余晖，但霸气依旧。他是有故事的人，遇事不躲，敢拼敢杀。他出车祸，并入了身体缺陷人的行列，整天在冰冷的房子里清理着蔬菜，穿着老灰破旧的棉衣，手和脸也透着擦不尽的泥土。

我经常猜想他金戈铁马的过往，想他年少风光的岁月。因为一场车祸，他成了现在这个样子，是没人相助，还是他甘于沉沦？都不是，他说他喜欢卖菜，能赚点钱养活自己就行了。这是低眉者最后的妥协。

其实，活着真的不需要太多的理由，只要在回首的时候，睁开眼，看看你在哪里，认不认识，瞟一眼就够了。

最近和时光混得很熟，时光是我 2007 年在"岁月永存"认识的，那时候我刚上网，对什么都好奇不懂，不会打字只能看着别人说，更不用说写诗写文了。时光很得瑟，天天露脸，说的什么忘记了，估计全是指点别人如何写诗吧。后来那个群里出来一个骗子，这个骗子缠上了我，经常给我打电话，让我交钱干什么什么，为

妈妈的味道

了躲避他,我就退出了QQ群。刚上网对人没有防避意识,问什么说什么,也给了很多骗子可乘之机。退QQ群之后,唯一留下的网友是铁骨,虽然他后来又拉我进群,但我只待了几天又悄悄出来了。

今年春节,看到铁骨夫人病了的求助帖,我义无反顾地站了出来,只为了当初那一段最美最纯的诗歌之梦。没想到同时站出来的还有在记忆深处的那个名字:时光之手。

再度重逢后他向我预定了两只小狗娃——虽然现在都还没给他,但今年一定会实现他的梦想。

我们想到了老三,老三就是亦梅,一位有才华的可爱小老头,他们还怀疑我是他的徒弟,嘻嘻,我不吭气,让他们好奇吧。其实很想再遇到老三的,那小老头病了,年龄太大了,祝他老人家安好吧,以后他们说我是他的徒弟我也认了,虽然我那点诗歌基础来自汪国真和席慕蓉,而且早就还给了他们。

有相同的爱好会自然而然地走在一起,人生不能一成不变,会瞬息万变,我们要学会适应,有善念的人总会收获美好有趣的人生。

关于在苦难里享受生活,每个人都要学会,不仅仅是我!

第七章　一起走过的日子

春　行

　　它们保持着匍匐的姿势，只是，再也发不了芽，结不了果，永远停留在那个冬季了。虽然艳阳热情地照着，多情的风轻轻地吹着，谁也唤不醒它们深沉的梦。

　　一场雨下过，春就站住脚步，懒得走了。

　　阳光出来得也格外卖力，偶然飘过的白云也挡不住他老人家青春的步伐。是的，在蓝天的映照下，谁都是那么活力四射。就连柳树，也开始加入这温暖的队伍，给春一个芊芊细腰。

　　杏树怎么会甘于落后呢。它舒展玫红的唇，和阳光轻轻一吻，哗啦啦就盛开了，惊得还在做梦的蜜蜂一路嗡嗡而来，围着淡粉的花儿团团转。

　　近旁的桃树、梨树、苹果树在蜜蜂的嚷嚷下，都激动起来，赶快加入春的行列，它们暗暗鼓劲，花骨朵儿都要憋炸了，桃树憋红俏脸，梨树憋白了素颜，苹果树憋得只顾着抽穗，一嘟嘟绿，闪着妖媚。

　　我，一个丑陋的化身，行走在春的气息里。心怀不轨，兜里揣着尖刀，手里拎着塑料袋。首先，这个丑陋的我，用手机定格了杏花和蓝天的拥抱，还故意留住白云的靓影，让它们像棉花糖一样陪衬着杏花、陪衬着蓝天。昨天水才洗过蓝天，谁见谁爱，花见花开。

妈妈的味道

一截高出地面的树根长出了两朵硕大的蘑菇，在太阳的照耀下，微微发白，还没开始萎缩。只是一天一夜的时间，蘑菇就完成了活着的全过程，等待着生命的陨落。当然，是我成全了它们的人生，接收了它们剩下的日子。现在它们安静地在我冰箱里休息，享受着蘑菇们没有机会享受的舒服生活，等着我想好怎么打发它们。你说，你抗议，这不是蘑菇的真实想法，请问，亲爱的，您不是蘑菇，怎么会深入到它们的内心，和它们来一次人生的探讨？

我如窃贼一般进入一家人的院子，院子两面的门已经不在，只剩下一大一小两座门洞。从大门进，从小门出，就看到一汪汪绿，点缀着湿润的土地。电动抽水机还稳稳地架在水井上，已经生了锈。井的南边是一畦韭菜，正泛着纯粹的绿，韭菜丛里点缀着可爱的荠菜。井的北边是一片大葱，翡翠的颜色。大葱的周围全是荠菜，一丛丛，泛着嫩嫩的光。老公对我说，那片长得最好的留下，给主人，剩下的都是你的。我说，主人呢？他说，主人是老太婆，村里给盖了彩钢房，不在这住了。那我可以割些韭菜吗？你咋这么贪？人家孤苦伶仃一个人，你咋好意思割人家韭菜！俺丑陋的脸登时就绿了，韭菜映的。老公又说，挖完打电话，我来接你。

我很幸福地奔走在荠菜丛中，用手轻轻一提，荠菜就脱离土地，进入我的手中了。

我用了一个多小时把荠菜们请入到我的塑料袋里，它们和蘑菇待在了一起，不过，隔着两层塑料袋，我才

第七章　一起走过的日子

不会让它们轻易贴身相处，春天是个恋爱的季节，无论是动物还是植物都忙着恋爱呢。俺家的狐狸才刚刚长大点，都几天不回家，找狗狗恋爱去了。期间，俺忍不住大葱的诱惑，拔了一根吃，太辣，留下了葱叶，看它绿得无瑕的分上，我允许它和荠菜亲热一会。

天是蓝的，云是白的，收拾完荠菜，我还舍不得离开这个无人的世外桃源。一架枯黄的葡萄藤映入我的眼帘。我以为主人勤快地把葡萄藤从深埋的土里挖出来了。走近一看，才知，这架葡萄被主人抛弃了，活活冻死了。它们保持着匍匐的姿势，只是，再也发不了芽，结不了果，永远停留在那个冬季了。虽然艳阳热情地照着，多情的风轻轻地吹着，但谁也唤不醒它们深沉的梦。也许，梦里它们也在热烈地开花结果，享受着生命的美好吧，对的，一定是这样。

房子的南面有两棵树，很古老沧桑的样子，庞大的树冠占据了很大的地盘，走近一看原来是两棵苹果树，正吐着绿色的花蕊，过几天就会繁花满树。这两棵茂密的苹果树，守着无人的院落，开花结果谁来享用呢。

走进院落时，仔细看了一下院里的摆设，只见院子里交叉的红砖铺成十字形，通向对面的厨房，大小门。一个木头架子上摆着几捆绿色的滴灌带，码得很齐就是晒脱了色，看起来好几年没有使用了。一个伊利老窖的酒瓶子倒栽葱躺在墙根，看得出这家主人也喝酒。窗户上纱窗完好，一瓶洗发水还摆在上面，好像主人刚刚洗完头发，不曾离去。

妈妈的味道

　　我带着春天最贴心的礼物离开了这个无人居住的院落。过几天，苹果树开花的时候我还会再来，我会独自享受苹果花的香味，让亿万朵苹果花把我包围，还有小蜜蜂，也会不约而来，生命从来不会因为人的离去而悲伤，从来不会。

第八章　在岁月里穿行

　　曹操、荆轲、秦王、潘金莲是我们熟悉的历史人物，其实他们还有另一面没有展示，今儿随我再回顾一下那年那月发生的故事。第三次世界大战，会不会再次发生？不管会不会，总有一些人为此忙碌着。一段甘蔗把我从现在拉回到过往，甘蔗里有亲情，也有一代代人的血脉延续。

我的哥们曹操

　　夜半，我从曹操大帐走出，一阵冷风吹过，头脑一阵清醒，正想迈步往前走，一阵得、得、得的马蹄声向我奔来，许褚手舞一把冷月剑向我劈来。我对着许褚大喊：住手，曹操是我哥们，你敢！

　　头离开脖颈时，我清楚地听到许褚说：斩的就是你！

妈妈的味道

曹操那小子，别看现在人五人六，装腔作势，号称一人之下万人之上，当初要没有我，哪有他今天？

你说我吹牛，切，吹啥牛啊。且听我从小时候讲起。

我们村头有一棵古老的桑葚树，结满了白色的桑葚。曹操喜欢爬上树摘桑葚吃。树上的小孩很多，曹操不喜欢有人踩在他头上，就爬到了树巅，够到了上面最好的桑葚，还没来得及享受，就一头从树上栽下来，掉进了树下的池塘。曹操的头在水里一浮一浮的，小伙伴们都惊呆了。我坐在池塘边开心地拍手称赞，没想到曹操竟然从那么高的树上跃下，游泳的水平那么高。后来，我听到那小子喊我：许攸……话没说完，头就沉入水底不见了。我更开心了，这小子在卖弄呢。过了一会，曹操的头又从水里钻出：救我！我这才明白，那小子给水淹了。我跳入水中，凭着娴熟的游泳技术，很快游到曹操身边，一巴掌把他打晕，拽着他的头发拖出了水面。父亲小时候就告诫我，救落水者第一步就是把他打晕，要不然两人都得死。

曹操在官渡和袁绍展开拉锯战时，我正在袁绍的麾下。我依据对曹操的了解，给了袁绍很多建议，但他都不采纳，还孤立我，说我和曹操从小一块长大，那些建议都居心叵测，就是间接帮助曹操。为此，我很痛心，人家说知己知彼百战不殆，为啥袁绍就不听呢。喝了很多闷酒，遭了袁绍很多白眼后，我不得不重新寻找出路，想在袁绍这儿有一席之地是做梦，想都不用想了。既然

第八章　在岁月里穿行

连袁绍都认为我和曹操很铁,何不去投奔曹操呢,听说曹操混得相当不错,不像我招人奚落。说干就干。夜里从袁绍那投奔曹操,曹操激动得连鞋子都没穿,就出来迎接我。我是相当激动啊,毕竟是发小,这关系在这摆着就是不一样啊,不像袁绍那小子,小肚鸡肠。我出谋划策偷袭袁绍粮库乌巢,使得陷入困境中的曹操扭转了战局,取得了官渡之战的胜利,奠定了他宰相稳固的基础。

从此,我又和曹操在一起,好像回到儿时,我喜欢喊他小名阿瞒,主要是喊顺嘴了。别的将士不服气,不断地向曹操献谗言,说我不尊重宰相,他们哪知道我们之间的关系呢。曹操对那些进谗言的将士说,许攸和我不但是同窗,还是我的救命恩人,他想怎么喊我,都成。

曹操这话正中我心,所以我更肆无忌惮,有点飘飘然。在开重要会议时,总是故意提不同意见,举一反三地论证,曹操是错的。曹操面对众怒总是笑容满面地说,听许攸的,他说得对,说得好。

就像那次干旱之后,粮食奇缺,士兵吃不饱饭,经常处于饥饿状态。

曹操到我府上,向我请教应急方法。我苦思冥想想出一个法子,禁止酿酒,把粮食省下来,分给士兵吃,这样就可以渡过难关。当然还要禁止大家饮酒。

曹操又问,如果有人不听呢?我不加思索地说,违者斩首。

禁酒令开展得轰轰烈烈。曹操真给我面子,还让许

妈妈的味道

褚日夜骑马巡逻，遇到饮酒者立斩马下。

月圆之夜，我被曹操接到他大帐。曹操笑眯眯地从背后拽出一坛酒，没有名字，估计是他故意撕去的，怕将士偷喝。曹操拽着那坛酒，说，知道你馋酒了，今夜就解解馋，不醉不归。

我连连摆手，不可、不可，我们要带头遵守戒令。要不众将士不服啊。

来来，规矩是我们定的，他们也不知道我们喝酒啊。我让他们都下去了，放心，喝，不但要喝，还要喝好，谁让咱俩是哥们，光腚长大，肝胆相照。曹操的笑容迷死个人啊。

我言听计从，敞开怀，对着我儿时的伙伴，喝得是畅快淋漓。

夜半，从曹操大帐走出，一阵冷风吹过，头脑一阵清醒，正想迈步往前走，一阵得、得、得的马蹄声向我奔来，许褚手舞一把冷月剑向我劈来。我对着许褚大喊：住手，曹操是我哥们，你敢！

头离开脖颈时，我清楚地听到许褚说：斩的就是你！

草原夜莺

我们沉浸在优美的旋律里，远处，草原的风缓缓掀起绿毯，一只苍鹰扇动羽翼，消失在苍茫的天际……

第八章　在岁月里穿行

我们是专程去找艾曼的。见到她时，她正努力地牵扯着一头花奶牛，一头小牛在牛肚子下紧紧叮着花奶牛的乳房不舍得松嘴。她穿紧身T恤，彩边牛仔裙，一头亚麻色的长发在晨风中摇曳。我们纷纷举起了相机，选各种角度拍摄这不合拍的牛、人拉扯战。

拍完，都笑得前俯后仰，想这艾曼在歌厅里，天天穿着露肩的演出服，指甲染着豆蔻，端着高脚杯，喝着石榴酒，霓虹灯下，仪态万千，整天被掌声和鲜花包围。谁会想到她在大草原和两头牛拉扯不清呢，哈哈……

艾曼家有两处毡房，安在巴音布鲁克草原的深处。毡房里奶茶飘香，艾曼的妈妈知道我们远道而来，开始做手抓肉。

一张高出地面30厘米的木质榻榻米占了毡房四分之三的面积，上面铺着手工地毯。地毯上面放着木制长条几，我们脱鞋上去围坐在长条几周围。艾曼端来两盘奶疙瘩，又逐一给我们倒上滚烫的奶茶。我们嘻嘻哈哈笑着，接受艾曼的服务。两盘奶疙瘩快吃完时，艾曼的爸爸也端来了手抓肉。肥厚的羊尾巴被男主人用小刀割了一块塞进我们年龄大的张队嘴里，剩下的又逐一被送到我们嘴里。撒着芝麻的馕也分成了小块散落在桌子的周围，我们从大托盘里取食男主人切下的碎羊肉，喝一口鲜美的羊肉汤，皮芽子的香味、羊肉的香味、马奶子酒的香味，让我们遗忘了都市的快节奏。

艾曼不吃，她靠在被垛上，双手在白色的手机上翻

妈妈的味道

飞，手机里传来游戏的声音。

男主人出去后，艾曼悄悄对我们说："我最讨厌爸爸了，每年都让我回来剪羊毛，我好不容易在乌鲁木齐稳定下来，再说现在有专职剪羊毛的了，我掏工钱都不行。"不待我们开口，她又接着说："我怎么和爸爸商量他都不听。这儿有什么好，没电没信号，连电视也没有。我不想住在大草原了，我想到城市唱歌，那儿才是我的天堂！"采莲安慰她说："放心，你是闻名乌市的草原夜莺艾曼，自从你走后，歌迷们联系不到你，他们特别委派我们到这寻找你，我们后面还有几波歌迷，他们是专程来寻找草原夜莺的。放心，我们会尽力说服你爸爸的……"

话还没说完，男主人端着羊肉汤进来了。我们试探着向男主人说了艾曼的意思。男主人哈哈笑了起来："我们哈萨克每年的6月要剪羊毛。每个成年哈萨克女子都要参与，就像我们冬季转场成年男子要参与进来一样，这是传统，不能改变，身为哈萨克女子，不会剪羊毛怎么行呢！"

我们不忍看艾曼的脸。她的小脸在手机屏亮光里变幻莫测，可无论怎么变换，都藏不住她深深的委屈。

好客的男主人取出冬不拉放在腿上，并邀请艾曼唱歌。艾曼噘着嘴站起来。男主人用食指拨动琴弦，悦耳的琴声响彻耳边，艾曼也舒展了歌喉，歌声和琴声在毡房里流淌，像清泉叮咚、像清风吹过无边无际的草原、

第八章　在岁月里穿行

像雄鹰在蓝天上翱翔、像骏马在奔驰、像一群马追逐在开满鲜花的草原，马蹄下散发着迷人的花香……这不就是传说中的天籁之音吗？我觉得城市中的灯红酒绿掩饰了这种原始的质朴，只有在这儿，在这飘着羊肉香味的毡房里，才能更大、更全面地诠释属于草原的歌。

忽然，外面传来欢呼声、口哨声、掌声。艾曼吃惊地回头，毡房外，那几波歌迷赶来了，他们兴奋地高呼："艾曼、艾曼""夜莺、夜莺"。艾曼的眼睛一下亮了起来，她奔出毡房，歌迷们把她围在中间。吉他、架子鼓很快架了起来，麦克风也递到了艾曼的手里，艾曼看着这么多歌迷，一下迷惑了，他们不远千里到这儿，仅仅是因为听她唱歌？艾曼拉起爸爸的手，她说，今天，我让爸爸给我伴奏，唱首属于草原的歌：

父亲曾经形容草原的清香

让他在天涯海角也从不能相忘

母亲总爱描摹那大河浩荡……

我们沉浸在优美的旋律里，远处，草原的风缓缓掀起绿毯，一只苍鹰扇动羽翼，消失在苍茫的天际……

妈妈的味道

第三次世界大战

好嘞,大家听着,晚上聚会吃手抓肉喽,尼亚孜哥哥请客!王飞连蹦带跳地穿行在村落里给大家传递这个好消息。

沙布拉客村位于雪莲山脚下。雪莲山上常年白雪皑皑、山下绿草如茵、流水潺潺。山上遍布着牛羊马儿吃草。

在这世外桃源般的画面里,村主任买买提老人却要走了。村里年事已高的老人在买买提家已经守了六天,老人家闭不上眼,他也在等,等他在外留学的儿子尼亚孜归来。

日暮时分,沙布拉客早早被山峰侧影包围,阴冷而又静谧。马蹄声打破了静谧,又在买买提老人屋子戛然而止。老人伸出干枯的手,立刻被一双温暖的大手握住,买买提对归来的儿子尼亚孜断断续续地说:我儿,剩下的就……交给你了,你要带领乡亲……继续挖下去,为后代留……一条活路,爹在那边,看着你,啊……

尼亚孜含泪把老父亲的双手摆放在前胸,爹,您放心吧,我会带着大家继续干下去,一定把储备洞挖出来。买买提老人带着一丝笑意合上了眼睛。

雪莲山传来沉闷的爆炸声,尼亚孜用炸药开山,代

第八章 在岁月里穿行

替了老父亲用手锤开山钻敲打岩石的劳作。几代人辛苦开挖的山洞在炸药的爆破下一片一片扩大。尼亚孜身穿粗布衣裳，和村里人一起搬运洞内的岩石。石头从洞中背出，直接运到村里，那儿有村民在用石块垒房子、院墙、羊圈。

尼亚孜变得黝黑粗壮，他撸撸扎在脑后的辫子，对王飞说，你小子也长壮了，不知不觉挖山洞十年了。今天该庆祝一下，我去把头发剃了，晚上大家聚聚，说说下步的计划。王飞，你吆喝一声，通知大家到我家集合，晚上大家伙在我家喝奶茶，吃手抓肉。通知完后，你再叫几个人去做饭，我到温泉泡个澡。

好嘞，大家听着，晚上聚会吃手抓肉喽，尼亚孜哥哥请客！王飞连蹦带跳地穿行在村落里给大家传递这个好消息。

晚上，村民聚在尼亚孜家喝酒、吃肉。

尼亚孜给赛力克老人斟上马奶酒，给热何提递去一碗剔骨的羊肉，然后说，大家边吃边听我说，两不耽误。雪莲山已经给我们掏空了，为了坚固，不出意外，我用钢板把山洞边沿加固了，地震、爆炸都不害怕塌陷。买钢板用掉了我们所有的积蓄，也就是说，以前大家卖牛羊的钱全部用在了这上面。既然祖辈一直在做这件事，就一定做好，不留后患。这辈子我把这件事做好，小辈们可以安安心心上学、上班，该干啥干啥去。库房我们是一间一间加固的，既是整体，又相互独立。粮食放进

妈妈的味道

去之后把空气抽干，让他们处于真空状态，可以储备时间久点。水源的问题我也解决了，我把冰块储存在冰窖里，这样用起来方便。住人问题也解决了，在山的南侧，我装了一部分钢化玻璃，有几处通风口，都是隐蔽的，我已经留下图纸，到时会交予专人保管。咱们下阶段的任务就是库存粮食，把牛羊继续卖了，换成粮食，储备起来。咱们也可以自己种点，当然这儿只能种点麦子、玉米，这就够了，又给我们节省了一部分开支。明天大家把能出栏的牲畜赶到村口集合，由王飞带领大家去卖，王飞汉话说得好，能与人沟通，剩下的和我在家开地，大家伙说行不？

行，行，大家伙都听你的，尼亚孜好样的。赛力克老人带头对尼亚孜竖起了大拇指，要不是你，我们这帮老家伙还在山里钻山石呢，我那孙子也要送去上学，不能学我光知道出苦力。

赛力克老爹，你不怕第三次世界大战爆发，你家孙子回不了山洞？王飞打趣道。

这、这……也是啊。赛力克老人转眼又笑起来，不怕，从我爷爷开始挖山洞，说是给第三次世界大战备用的，吓得我不敢出山上学，我都老了，这不还没来嘛，不怕，不怕，不怕喽。大家伙都开心地笑起来。

又一个十年过去了，尼亚孜和送行的乡亲话别，今天我要离开大家，到国外过自己的生活，山里的储备粮已经满了。咱们担心的第三次世界大战我这辈子也不希

第八章　在岁月里穿行

望发生，但为了后代，我还是按照祖先的遗愿，把后续工作完成了，这样，我无论身在何方，心都能放在肚子里。

尼亚孜跪下，给送行的乡亲磕了三个头，跨上马背，和已是壮年的王飞打马而去。

身后是沙布拉客村民，他们平静地看着马儿消失。一朵乌云飘过来，天空下起了雨。

尼日亚

有两位年轻的司机不信邪，专门做了实验。他们相距一公里，开着手机。等进入缓坡路段时，竟然同时看到女孩带着一群羊，若无其事地走着，发型、衣饰、羊群一模一样。等经过彩钢板屋时，女孩和羊群凭空消失了，好像没有出现过。

312国道通往伊犁，翻过果子沟后有一段几十公里的缓坡，这段缓坡经常发生车祸，有失控的货车正行驶着就从原路跑出来，翻到戈壁滩上。还有从上坡下来的小车撞了对面的长途班车，大多是车毁人亡，有的侥幸保住性命，也是非伤即残。

缓坡下面有一户人家，老夫妻俩带一个不会说话的女儿。女儿有个很美的名字：尼日亚。出事的司机会投奔这家人等待救援车辆的到来。这家人总会用止血带、

妈妈的味道

止血药帮伤者暂时包扎。每当这时，尼日亚都怀抱小羊羔远远地站着，眼里闪着惊恐的光。她每天赶着羊群，在辽阔的戈壁放牧，最喜欢静静地仰望不远处的雪山，长久的一动不动，谁也不知道她想什么。中午阳光炙热时，她才收回目光，像只头羊，蹦蹦跳跳走在羊群的前头，几百只羊就咩咩地互相招呼着，排队跟着。尼日亚还有条纯种德国狼狗，这条狗是一个车祸死亡人留下的。那人的车也废弃了，在离尼日亚家十公里的地方，静静地躺着，享受着休息一般的安静。德国狼狗最初的日子还跑到车旁，待上很久。日子缓慢流逝，它似乎忘了那辆车，逐渐习惯跟在羊群的后头。以前羊群归圈的时候，会有狼悄悄藏匿其中，等夜深人静的时候，拖只羊食用。德国狼狗这几年咬死的狼都记不清了。所有的狼对这群羊都失望至极，能吃上尼日亚的羊，无异于白日做梦。

这天，就连远处眺望的狼也听到了312国道发出刺耳的碰撞，羊群迅速聚拢到尼日亚身边。德国狼狗竖起了耳朵，尼日亚带着它们赶到国道时，一地活蹦乱跳的鲤鱼在水泥路面、草丛中挣扎、拍打。好奇的羊们上前嗅嗅，德国狼狗按住了一条鱼，望向尼日亚，等她点头下口。尼日亚的目光焦急地盯在鱼罐车的驾驶室，那儿有两人一动不动，鲜血流下路面。等过路的车辆停下救援，把人从驾驶室拉出来时，尼日亚昏了过去，那人的头不见了。同时昏倒的还有一个小伙子，他们被人送到了尼日亚家。等尼日亚清醒过来时，母亲用手语告诉她：

第八章　在岁月里穿行

　　这个小伙子说他是那辆大货车的司机，他好好地行驶在路上，那辆鱼罐车从后面就把他的车撞上了，他到现在也没反应过来，不能接受这个事实。尼日亚看到小伙子苍白失神的眼睛不断涌出的泪，递过去自己的毛巾，双手放在他的肩上，无声地安慰他。

　　眼看着尼日亚出落得亭亭玉立，该嫁人了，南来北往的司机也不见有人对她感兴趣。老夫妻俩就商量着，把羊卖了，换钱搬到奎屯，给妮日亚招个女婿。晚上，他们用手势把想法传递给了尼日亚。尼日亚摇着头，来来回回抚摸着德国狼狗的背。狼狗似乎也领会了主人的意思，它沉默不语，尾巴在空气中轻轻摆动。

　　羊群还是按部就班给人买走了。尼日亚和德国狼狗依然按时出发放牧，一个人带着一条狗，静静地仰望上半天雪山。然后狗跟在主人后头，蔫蔫地回家。山坡上眺望的狼也意识到了他们的孤单。

　　明天就要搭上从伊犁过来的长途班车到奎屯了，他们都激动得无法安睡。一声巨响，天好像塌了。天没塌，是房子塌了。一辆二拖一的货车直接开进了老夫妻的房子。当妈的从土堆家具里钻出来，哭天喊地爬到货车底下扒尼日亚。天亮时，尼日亚终于被从车下弄出来，但人已经扁掉了。

　　过了几个月，原址的房子又立了起来，这次是彩钢的，房子周围贴上了反光膜。这以后出现了异常。过路的司机只要从上坡下来，不管是白天还是晚上，总能看

妈妈的味道

到头上扎满辫子的女孩蹦蹦跳跳地走在312国道上走，她的身后跟着一群羊。司机急得直按喇叭她也听不见。

有两位年轻的司机不信邪，专门做了实验。他们相距一公里，开着手机。等进入缓坡路段时，竟然同时看到女孩带着一群羊，若无其事地走着，发型、衣饰、羊群一模一样。等经过彩钢板屋时，女孩和羊群凭空消失了，好像没有出现过。

这段国道，再也没出现过车祸。有些知情的司机从上坡路下来，总会带些吃的喝的给老夫妻俩。那只趴在路边的德国狼狗，似乎趴成了雕像。